내 삶의 오솔길

The Trail of My Life

내 삶의 오솔길

1판 1쇄 발행 2025년 4월 5일

지은이   원옥재
발행인   이선우
발행처   도서출판 선우미디어
              등록 | 1997. 8. 7 제305-2014-000020
              02643 서울시 동대문구 장한로 12길 40, 101동 203호
              ☎ 2272-3351, 3352 팩스: 2272-5540
              sunwoome@daum.net greenessay20@naver.com
              Printed in Korea ⓒ 2025. 원옥재

값 15,000원

ISBN 978-89-5658-790-5 03810

내 삶의 오솔길
The Trail of My Life

원옥재 수필집

선우미디어 sunwoomedia

작가의 말

　오랜 망설임 끝에 두 번째 수필집을 내게 되었다. 그동안 여성 동인집을 4권 냈지만, 단독 수필집으로는 2003년에 『낯선 땅에 꿈을 심으며』를 낸 지 22년 만이다. 어떤 식으로든지 내 나름의 작품 정리가 필요했기 때문이다. 남들 앞에 내놓기에는 볼품없어 부끄럽긴 하지만, 내게는 한때 생명줄이 되어주었던 버릴 수 없는 자식 같아서 용기를 낸다.

　어느새 이민의 생활 반백 년을 넘기고 나 역시도 칠십 중반에 이르고 보니, 멀게만 느껴지던 인생 열차에서 언제 갑자기 하차할지 모른다는 생각에 서두르게 되었다. 무엇보다도 더 이상 열정과 감성이 불붙지는 않으나 아직은 건강한 이 시점에서, 내 삶의 오솔길에서 만난 수많은 인연과 사연을 반추하며 아름다운 갈무리를 하고 싶은 바람을 저버릴 수가 없어서다. 이 글들이야말로 내세울 것 없는 평범한 내 삶의 원동력인 동시에 지울 수 없는 발자취임에 틀림 없으니 말이다.

　이 책에는 이미 여성 동인 집에 실렸던 몇 편의 글과 그 후 새로 쓴 글들을 함께 실었다. 또한 내 생애에 가장 힘들었던 때였지만, 돌아보면 가장 보람 있고 행복했던 시간에 쓴 젊은 날의 글 19편을 영역하여 영어 권의 내 자식들에게 선물로 남겨 주려고 골라 실었다. 그들이 내 삶의 전부였던 그 시절의 이야기이니, 이제는 자식을 키우는 저들도 엄마의 속마음을 이해해 주리라 믿는다.

14편의 영역을 흔쾌히 맡아 내 생각과 마음을 잘 표현해 준 노승문 시인과 한결같이 후원자가 되어준 나의 가족과 문우들, 친우들, 또한 이국에서도 믿고 맡길 수 있는 선우미디어의 이선우 사장과 직원들에게 진심 어린 감사를 드린다.

캐나다 토론토에서 2024년 가을에
저자 원옥재

Introduction

Julie Ham (daughter)

My mother recently asked me to read through a selection of her essays before publishing them in English. Through the help of several translators, I can finally read her words. My inability to read her writing and access her work, due to my limited language ability, has been a long shameful regret. Now, for the first time after four decades, like a veil being lifted, I can see my mother for the first time. My mother, my 'omma', my mama Ham, has always been like a magnificent swan: beautiful, dignified and full of grace. Now, however, I have learned how much turmoil has been in her heart. How she yearns for her family and her homeland, how she struggled and suffered as a young immigrant in a foreign country, how she sacrificed her dreams, experienced racism and loss, and felt like a foreigner —scared, confused, and rejected— year after year. And yet, through each of her narratives, runs a tiny thread. A thread of hope, of unexpected joys, of new experiences, of laughter and pride, and of gradual acceptance. Though she came from humble beginnings, like many first-generation Korean immigrants, she has persevered and endured. Although her life was certainly not the one she likely imagined as a child, she has always found solace through writing. Finally, we can read her stories, laugh and cry at the memories, and see her world for the first time.

차례

chapter_1

창안의 행복

가장 소중한 것부터

20년간 운영해 오던 가게를 정리했다. 낯선 시골에서 생존의 거센 날갯짓 쳤던 지난 세월을 떠올리니 그간에 마주한 즐거웠던 일, 슬펐던 일, 괴로웠던 일들로 만감이 교차한다. 시작한 일에는 끝이 있기 마련이라 언제 마무리를 해야 할지 모르던 우리도 이제 명실공히 은퇴하게 된 것이다.

몇 해 전부터 세월을 앞서가는 버릇이 있는 나는 남편을 보챘다. 왜, 이렇게, 언제까지 살아야 하느냐며 더 늦기 전에 지난날 잃어버린 것을 찾으며 살자고, 들은 척도 안 하는 그를 답답해하며 성가시게 했었다. 아마 그때부터 그는 내색하지는 않았어도 서서히 마음의 준비를 해왔는지 지금은 은퇴를 순조롭게 받아들이고 있다.

막상 내 삶의 전부로 여겨왔던 일터를 떠나니 마음이 복잡하다. 익숙해진 30년간의 삶의 질서를 깬다는 것은 분명 용기와 결단과 준비가 필요했다. 얼마 전까지만 해도 나서서 설치던 철부지의 용기는 어느새 뒷걸음질 치며 겁이 나고 있다. 과연 어떻게 무엇을 하며 살아가야 보람 있는 삶이 될까. 적절한 시간 관리, 몸 관리, 마음 관리를 어떻게 해야 할지 걱정이 앞선다. 늘 힘들고 답답하던 코너 스토어였는데 그 안에 없는 듯 숨어있던 작은 보석들이 살며시 고개를 내밀며 나를 혼돈시키기도 한다.

일과처럼 찾아오는 손님과의 따뜻한 대화와 정겨운 만남이 있던 곳이다. 손님 없는 시간을 틈타 글을 생각하고 쓰던 남다른 나만의 공간이기도 했다. 동네 어른과 아이들, 심지어 손님의 애완동물에게도 Sam과 OJ로 널리 알려져 있던 우리가 아닌가. 어려운 일이 있으면 달려와 스스럼없이 도움을 청하고 심심하면 공연히 찾아와 농을 걸던 3세대에 걸쳐 정든 그들이 모두 내 안에 깊숙이 들어와 있으니 정든 것들을 떨쳐야 함은 또 하나의 도전이다.

젊음은 싱싱하고 당당하다. 오뉴월의 싱그러움으로 빛난다. 그렇지만 삶을 바라보는 사고의 깊이와 경험의 한계로 가슴을 아프게 하는 맹랑한 것들이 많았다. 내게는 무엇이 더 소중한지를 가리지 못한 우선순위의 혼돈이 있었다. 사람의 성격과 삶의 모습에 따라 차이가 있긴 하지만 내가 겪은 많은 혼란과 절망의 순간들을 돌아보면 지나친 자기 성장과 자아 상실에 대한 집착 때문이었던 것 같다.

물질적 기반을 잡아야 할 때, 자식들을 올바르게 키워야 할 때, 자아를 계발하고 성숙시켜야 할 때, 소중한 사람들과 깊은 교제에 힘써야 할 때, 주어진 일을 시작하고 끝내야 할 때 등, 그때 그 시점에서 가장 중요한 것을 먼저 선택하는 안목이 부족했었다. 나중에 해도 되는 것을 제일 먼저 찾으려는 잘못된 선별로 인해 상처받고 잠 못 이루는 밤을 맞았으니 자업자득이었다.

은퇴는 새로운 삶의 시작이다. 인생의 전환점을 맞는 만큼 그 목표와 방향 설정을 잘해야 한다. 장시간의 가게 운영으로 홀로 있기에 익숙한 나는 부부 함께 있기에 익숙하지 않아 취미생활과 여행을 통해 새로운 삶의 질서를 만들어가는 일이 우선이라 생각된다. 멀리 있는 자식들과 자주 만나 잔정을 쌓는 일도 중요하며 제대로 추스르지 못한 아름다운 인연도 계속 이어가야 하리라. 사람과 자연과 사물을 열린 마음으로 포용하며 더 가까워지고 싶고, 깊은 영적 눈뜸도 기대해 본다.

높은 산 정상에 오르느라 잠시도 한눈을 팔지 못했으나, 이제는 지나온 숲속에 숨겨진 맑은 시냇물과 수줍게 피어있는 들꽃과 정겨운 오솔길도 찾아야겠다. 밖으로 향했던 시선을 나 자신에게 돌리며 충만한 일상도 계획한다. 인간의 최고작품은 자기 자신이라고 하지 않던가. 내 의지, 내 선택, 내 노력에 의해 작품의 질이 결정될 터이니 내 발걸음이 무거워 온다.

"가장 소중한 것부터 먼저 하라." 은퇴의 꿈을 심으며 서툰 발걸음을 내딛는 내게 스티븐 보비의 말이 방향 제시를 해준다. 정신이 번쩍 든다. 지금 가장 소중하게 생각되는 것, 지금 이때를 놓쳐서는 안 되는 것부터 우선 해야겠다.

창 안의 행복

창밖을 내다보며 하루를 연다. 유리를 사이에 두고 서로 마주하였으나 분명히 막혀있는 두 개의 다른 세계다. 창 안은 안이한 질서가 있는 나만의 공간이고 창밖은 자유롭게 바라볼 수 있는 나와 상관없는 무한의 열린 공간이다. 나는 이 두 공간을 자주 넘나들며 세상을 구경하는 버릇이 있다. 창 안에서 빈 마음으로 밖을 바라보는 재미가 쏠쏠하다. 창문이 많은 집을 사고 싶어 하는 이유도 바로 이 마음의 여유를 즐기고 싶어서 그럴 게다.

오늘도 햇살 밝은 창을 벗 삼아 창밖 세계에 마음을 팔다 새삼스럽게 다람쥐 쳇바퀴 도는 일상에서 나만의 기쁨 조각을 낚는 재미에 빠져든다. 흔히 행복은 자기만족에서 온다고 하며, 수학 공식처럼 자신의 부푼 꿈에서 헛된 욕심을 빼면 진정한 행복이 남는다는 등식도 있다. 문득 행복이 어떻게 오든 작은 기쁨 조각들이 모여 그 모습을 드러내리라는 생각이 든다.

유리창을 두드리며 새벽잠을 깨우는 가는 빗소리는 나를 행복하게 한다. 마치 다정한 음악처럼 마음을 편안하게 한다. 침대에 누워 유리창을 살살 두드리는 빗소리에 귀 기울이면 여러 날 동안 마음을 공 굴리던 복잡한 일의 실마리가 풀리며, 차분하게 생각할 여유가 생긴다. 시간과 일에 쫓기지 않는 평화가 잔잔하게 인다.

일간지를 읽는 재미 역시 크다. 유익한 칼럼과 사설을 통해 정신이 살찌는 영양가 높은 기쁨이 차오르며 그 지식을 내 것으로 만들고 싶은 불가능한 욕심도 솟는다. 젊은 날에 무심했던 건강과 생활 정보란을 애독하고 무엇보다도 신문칼럼과 오피니언란(欄) 필자들의 거침없는 필력과 다양한 전문지식에 매료된다.

잠시 머리를 식히려고 CD를 튼다. 학창 시절에 즐겨 듣던 클래식이 아니라 후배 남편이 구운 한국가요를 들으며 감상에 젖는다. 낯익은 가사와 멜로디가 가슴속 깊이 파고들며 기분을 업그레이드 시킨다. 따뜻한 음감이 처진 감성의 날개를 바로 세우며 새로운 비상을 꿈꾸게 한다. 아직도 사랑의 노래에 젖어 드는 젊음과 열정도 확인한다.

햇빛 따라 길을 나선다. 아직도 눈 등선을 이룬 차도를 따라 걸으며 얼굴을 매섭게 비벼대는 찬바람의 신선함을 즐긴다. 심호흡을 반복하며 몸과 마음을 새처럼 가볍게 만든다. 모든 잡념이 부시시 허공으로 날아가며 나를 찾는 사색이 무력한 일상에 활력을 부어준다. 철 따라 모습을 달리하는 자연의 변함없는 생명 의지를 발견하는 감동이 나를 더욱 들뜨게 한다.

오후의 지루함을 벗어나려고 수필집을 찾는다. 모국에서 활약하는 수필가들의 문학성 높은 글을 대하며 창작 의욕을 재충전한다. 각기 다른 얼굴과 개성을 접하는 기분이 신선하다. 따라갈 수 없는 드높은 기량을 부러워하며 또 다른 비상의 날개를 펴본다. 독서는 글을 향한 끊임없는 열정에 불을 활활 지피며 싱싱한 충만을 선물한다.

그렇다 해도 간간이 반가운 친지의 전화를 받는 행복을 무엇과 비교하랴. 서로 삶과 우정을 확인하는 살아있는 시간이다. 마음과 마음이 거리낌 없이 넘나드는 박카스 같은 활력소다. 만들고 싶은 음식을 만드는 즐거움도 빼놓을 수 없겠다. 하루 종일 생각의 나래에 빠져 있다가 맛있는 식사 준비에 열중하는 가벼운 육체노동 역시 건강한 기쁨과 만족을 선사해 준다. 일종의 휴식처럼 피곤해진 눈과 머리를 식혀주며 단순한 일상의 편안함으로 이끌어 준다.

　그 무엇과도 바꿀 수 없는 것이 또 있다. 냉장고에 붙어있는 손자 손녀 사진에 눈 맞추는 기쁨이다. 하루 동안의 속상함과 답답함을 단숨에 제거해 주는 청량제다. 그들의 천진한 모습에 가슴이 녹아들며 그 어떤 감정 찌꺼기 일지라도 모두 정화 시키며 내 안에 따뜻한 미소와 여유를 넘치게 만드는 기적이 일어난다. 행복한 할머니로서 세상을 다 얻은 것 같다.

　행복은 늘 자기 자리에 조용히 서 있다. 다만 내가 무심코 지나치며 그 진가를 모를 뿐이다. 오늘도 마음을 다하여 일상에 숨어있는 푸짐한 행복을 낚으며 내 몫을 다한 안도의 숨을 내쉰다.

그 이름 '할머니'

손녀의 방실대는 얼굴이 눈에 밟힌다. 이틀 내내 안아주고 함께 놀았는데도 집으로 돌아오는 하이웨이로 들어서니 금세 다시 보고 싶어진다. 오타와에 있어 겨우 한 달에 한 번 정도 만나는데 만날 때마다 달라진 귀여운 재롱과 함께 나도 점점 손녀 사랑에 눈멀어가는 할머니가 되어 가고 있다. 이 글을 쓰려면 돈을 내놓으라고 해도 아깝지 않게 주리라.

올케는 짓궂은 삼 형제를 키우면서 즐거운 일보다는 지겹고 귀찮은 날들이 더 많았다. 생존을 위한 가게 일도 일이지만 천성적으로 아이를 좋아하는 성격이 아니라 매일 같이 일거리 만들어내는 장난꾼들로 인해 자식 키우는 재미를 몰랐다. 그런 올케가 요즈음은 손주 사랑에 푹 빠져 있어 신기하다. 손주의 온갖 흉내까지 내며 행복에 도취된 모습이 보기에 좋다. 사랑에 빠진 연인 같다. 아마도 그 사랑 혼자 감당하기에는 벅차 털어 놓아야 하나보다. 언니가 가장 신바람이 나서 들려주는 레퍼토리 하나를 소개한다.

하교 후 아이들을 데리러 오는 학부모를 기다리는 운동장에서 일어난 일이다. 언니가 도착해 보니 손자와 중국 아이가 지루함을 달래며 장난을 치고 있었다. 자세히 보니 장난이 아니라 일방적으로 중국 아이가 손자를 귀찮게 하고 있는 중이었다. 손자의 장난감을 빼앗아 이리저리 내동댕이치며 그것을 다시 잡으려 하면 또 다른 자리로 걷어차는 일을 반복하며 약을 올리고 있었다. 덩치만 크지 유순한 손자가 어찌하나 보느라고 터지는 분통을 참으며 숨어서 구경하고 있는데 순간 약이 오른 손자가 그 아이에게 달려들어 권투 선수의 펀치를 몇 방 날리는 것이 아닌가. 얄밉게 굴던 아이가 울음을 터트리며 더 이상 꼼짝 못 하더란다.

늘 남에게 얻어맞을까 걱정하던 할머니의 속을 시원스럽게 풀어준 손자를 얼른 안아 차에 태우고 돌아오는 중에 아직도 성이 안 풀린 녀석은 씩씩대는데 언니는 터져 나오는 통쾌한 웃음을 참을 수 없었다 한다. 의아해하는 손자의 머리를 쓰다듬으며 매 맞지 않고 귀찮게 구는 아이를 단번에 물리친 녀석이 자랑스러워 감격스러웠다 한다. 벌써 세 번째 이 사건을 설명하건만 아직도 눈을 반짝이며 천진난만한 아이 표정이니 코미디언이 따로 없다. 또 전과 달리 식물이든 동물이든 작은 생명체만 보면 귀엽고 사랑스러워 보듬고 싶어진다니 그 사랑의 원천이 어디서 생겼겠는가? 노년을 생기로 채워주는 행복이 바로 손주 사랑에서 비롯됨을 다시 실감케 된다.

두 외손자와 가끔 만나 사랑을 키우는 선배 언니가 있다. 그런 날은 영락없이 아침 일찍 내게 전화하여 그 기쁨과 흥분을 함께 나누고 있다. 자신이 이 세상에 더 이상 존재하지 않게 되었을 때, 장성한 손주들이 기억하고 그리워하는 외할머니로 남기 위해 함께 추억 만들기에 정성을 쏟고 있다. 그럴 땐 평상시에 보아 오던 슈퍼우먼이 아니라 귀엽고 소박한 할머니다. 손주들과 함께 영화를 보고 탁구 치고 쇼핑하고 식당에 가고 편지를 보내고 용돈을 카드로 부치는 자상한 할머니다. 혈연의 끈 끈함도 노력하여 키워가는 지혜가 돋보인다. 역시 손주는 노년의 영광 이고 보람인 것 같다.

불현듯 6개월 된 외손자를 캐나다로 빼앗겼던 친정 부모님이 생각난 다. 친손주가 여럿이었지만, 캐나다로 떠나면 생전에 다시 볼 수 있을지 기약할 수 없는 막내딸이 낳은 손주를 남달리 사랑하셨다. 때로 여러 올케의 시샘까지 일으켰을 정도로 매일 찾으셨다. 당시의 두 분에게 있 어 내 아들은 무한한 삶의 기쁨이며 원동력이었다. 헌데 나는 생전에 두 분이 감당해야 할 이별의 슬픔은 가늠하지 못한 채 뒤돌아보지 않고 떠나왔다. 두 분이 겪었던 상실감과 애절한 그리움을 이제서야 짐작 하게 되었다. 직접 경험하지 않고는 가늠할 수 없는 인간의 한계를 인식 하며 이미 오래전에 고인이 되신 두 분을 이 시간 돌아본다.

젖살 오른 통통한 손이 내 어깨를 움켜쥐며 엉거주춤 일어선다. 저도 신기한지 건드렁대며 방실 웃고, 나도 대견하여 놀란 웃음 짓는다. 달빛 사랑이 환하게 쏟아진다. 손녀로 인해 지난날 상상하지 못했던 충만한 행복을 맛보는 요즈음이다. 아직도 멀어 보이는 노년이 내게도 이렇게 소리 없이 다가오고 있다.

삶의 훈장

　유난히 눈에 번쩍 뜨였다. 오랜만에 친지들이 모인 자리에서 우리의 시선을 단숨에 붙잡았던 것이었다. 마치 화가의 붓끝으로 방금 그려 넣은 듯 탐스러운 검은 머리칼이 늘 비어있던 그의 머리 위를 가득 채우고 있었다. 건강을 자랑하는 윤기까지 흘렀다. 순간 20년의 세월을 훌쩍 뛰어넘는 젊음이 반짝 스치는 것이 아닌가. 그 모습에 취해 누가 먼저랄 것 없이 감탄과 격려의 말이 길게 이어져 나왔다.

　얼마 지나지 않아 나는 그 일을 잊었다. 그런데 남편은 달랐다. 30대 후반부터 서서히 빠지기 시작한 듬성듬성한 머리숱이었으니 어찌 남다른 관심이 없었겠는가. 드디어 우리도 미용실을 경영하는 친구에게 부탁하여 윤기 나는 갈색 계통의 가발 하나를 구했다. 그것을 그의 얼굴형에 맞게 손질하고 나니 맹랑하게도 갑자기 남편이 40대로 보였다. 비록 낯익지 않아 어색했지만 젊음을 되찾은 모습에 기쁨이 솟아나기도 했다. 갑자기 젊어진 듯 힘도 생기는 것 같았다. 그럼에도 갑작스러운 변신에 당당하게 맞설 용기가 나질 않아 망설이고만 있었다.

　멀리 사는 자식들에게 그 얘기를 했는데 전혀 예상치 못한 반응에 내심 놀랐다.

딸은 아빠가 가발을 쓴다면 더 이상 자신의 아빠 아닌 타인으로 느껴질 거란다. 딸은 태어나면서부터 머리숱이 풍성한 아빠를 본 적이 없어 어릴 적에 내게 가끔 물었다. "엄마는 왜 대머리 가이(guy)와 결혼했어?" 그러니 딸의 심정이 이해될 만도 하다. 속내를 드러내지 않는 아들조차도 아빠가 점점 민둥산이 되어 가는 자기 모습에 콤플렉스를 갖고 있는 줄 몰랐다며 놀라워하는 눈치였다. 한술 더 뜬 것은 서양 며느리다. 자기는 대머리 남성을 좋아한다며 매우 멋있고 매력적이란다. 덧붙여 삶의 연륜이 보이는 지극히 자연스러운 모습이 대머리가 아니냐며 서양인들은 신체상 문제가 없는 한 가발을 잘 쓰지 않는다고 했다.

가족 모두의 의견은 질병도 아닌 자연스러운 노화현상에 애써 가발을 쓸 필요가 있느냐는 것이었다. 결국 나이 들어 변해가는 노년의 모습은 조금도 부끄러움이나 콤플렉스가 될 수 없으니 당연한 삶의 훈장쯤으로 받아들이라는 의미였다. 사실 요즘은 아예 삭발을 멋으로 여기는 시대가 아닌가. 그 이후로 잠시 고개 들었던 남편의 용기는 슬그머니 자취를 감췄다. 전혀 예상치 못한 반전에 나도 갑자기 천덕꾸러기가 된 가발을 옷장 깊숙이 숨기고 말았다.

이즘 은퇴한 친구들이 모이면 아픈 이야기와 웰빙 음식에 관한 화제가 대부분이다. 듣다 보면 어찌 그리 아픈 데도 많고, 좋은 음식 나쁜 음식에 관한 정보가 넘쳐나는지 무엇을 먹고 건강을 지켜야 할지 혼란스럽다. 그러나 막상 가정의에게 새롭게 늘어나는 이상한 증상을 늘어놓으면 바로 그런 것이 노년의 인생이니 병으로 생각 말고 받아들이며 살아가라는 답변을 듣게 된다. 노년에 이르게 되면 당연하게 생기는 퇴행성 증상에는 대체 약품과 보조식품을 사용하거나 운동요법을 계속하라는 조언이 뒤따를 뿐이다. 문제는 노화현상을 일으키는 육신과 달리 아직도 젊다고 느끼는 마음이 따라주지 않는 게 탈이다. 근래에서야 나도 "마음이 늙지 않는 것이 고통"이라는 어느 팔순 노인의 말이 차츰 이해되기 시작한다.

언젠가 항암치료로 가발을 절실하게 필요로 하는 분을 만났다. 나는 20년의 젊음을 보장하던 옷장 속의 천덕꾸러기를 그분에게 미련 없이 내주었다. 나날이 쇠약해 가는 자신의 모습을 바라보는 서글픈 가슴에 조금이나마 생기와 희망의 불꽃이 되어주기를 바랐으나, 그런 위안도 누려보지도 못한 채 스러져갔다. 갑작스레 떠나간 사람과 함께 그것도 영영 자취를 감추고 말았다.

파도 소리

　호숫가에 마련된 산책길을 자주 찾고 있다. 그런데 이렇게 가까이 호수를 곁에 두고 살고 있어도 한결같이 망망한 바다가 마음에 출렁대고 있다. 아마도 그 이유가 '바다'라는 단어의 어감이 가져다주는 막연한 동경심과 강렬한 이미지에 있는 것 같다. 어쩌면 변화무쌍한 파도 소리와 가늠하기 어려운 다양한 색깔의 바다가 내 안의 파도를 다스리는데 제격이기 때문이리라. 그것 앞에만 서면 복잡한 세상일이 단순하게 느껴지며 한결 자유롭다. 특히 생활반경이 좁아지는 겨울철에는 흰 모래 사장을 맨발로 마음껏 거닐고 싶은 뜨거운 열망에 사로잡힌다. 바다를 향한 짝사랑이 재발하며 넘실대는 검푸른 바다와 철썩거리는 파도 소리에 온 마음을 빼앗기고 만다.

　드디어 두 해 전 겨울, 여러 해 동안 벼르던 '여행의 꽃' 크루즈를 떠날 수 있었다. 붕 ～ 붕 ～～～, 느리고 긴 뱃고동 소리를 울리며 노르지안 태양호(Norgian Sun)가 플로리다 포트 카나발에서 천천히 출항했다. 발코니로 쏟아져 나온 탑승객들은 일제히 축제의 환호성을 질렀다. 배 옆면을 작열하는 태양으로 화려하게 몸단장한 유람선은 15층의 고급 아파트 한 채를 등에 업고, 캐리비안 짙푸른 바다를 향하여 유유히 흘러갔다.

전혀 미동도 없던 배가 갑자기 큰 파도를 만나 조금씩 요동을 칠 때는 술에 취한 사람처럼 중심을 잃고 비틀거렸다. 한번 시작한 그 증상은 점점 심해지며 속이 울렁대는 어지럼증을 일으켰다. 할 수 없이 발코니 창문을 열어젖히고 침대에 누워 온몸을 바다에 맡길 수밖에 없었다. 마침내 내 몸에 미세한 흔들림으로 일정하게 들려오던 파도 소리가, 마치 요람 속의 자장가인 듯 눈꺼풀을 무겁게 눌러왔다. 어머니 품속처럼 편안하고 포근했다.

배는 밤낮 없이 목적지를 향해 전진하고 사면의 바다는 깊은 침묵에 잠겼다. 파도의 속삭임만 끊임없이 들려오는데 이상하게도 몸과 마음은 고요하게 가라앉았다.

시간이 흐를수록 파도 소리는 내 마음을 빼앗아 가며 귀를 열어 그들만의 이야기를 들려주었다. 청명한 하늘 아래 부서지는 햇빛과 일렁이는 파도가 만날 때의 조잘거림은 더할 나위 없이 사랑스러웠다. 마치 연인들의 대화같이 부드럽고 감미로웠지만, 찌는 무더위에 헐떡이는 대낮의 그것은 한숨 소리인 듯 권태가 물씬 묻어났다.

캄캄한 밤의 파도는 달빛 아래 더욱 번득이며 삭혀지지 않은 분노의 소리로 세차게 철썩댔고, 오렌지빛 태양이 서서히 하늘로 치솟아 오르는 이른 새벽에는 환희의 찬가로 들썩댔다. 참으로 신기했다. 시시각각 변하는 파도의 노래는 내 마음속의 무거운 짐 한 꺼풀씩을 훌쩍 벗겨내며, 그 빈자리에 따사한 빛 한 아름씩을 내려놓고 사라지는 거였다.

앤 린드버그는 〈바다의 선물〉에서 몇 개의 조가비 명상을 통해 특히 여성의 삶과 인간관계에 대해 깊이 있게 조명한다. 생활의 간소화는 우리에게 정신적 자유와 평화를 주고, 휴식과 고독은 자신의 내면을 재발견하는 길이라는 주된 메시지를 전한다. 나는 성난 흰 포말을 날리며 달려왔다 스스로 화해하고 돌아서는 파도 소리를 들으며, 마음 깊숙이 숨겨진 미약한 나와 만나며 고독에 빠져들었다. 컴퓨터와 전화, 셀폰이 없는 디지털 세계와는 완전히 단절된 마치 무인도에 홀로 갇힌 시간들. 그런데도 요동치는 파도 소리를 벗 삼아 그간 쌓였던 스트레스로부터 완벽한 자유를 누렸으니 놀랍지 않은가. 정신없이 달려온 일들을 잠시 내려놓으니 비로소 단순하고 간소한 생활이 주는 휴식과 평안에 빠져들 수 있었으니 말이다. 하찮은 것들을 움켜쥐고 정신없이 살아오느라 굳어진 가슴이, 서서히 무너져 내렸던 것이다.

그렇게 때묻지 않은 내 모습을 찾아가는 동안, 배는 섬에서 섬으로 서두르지 않고 움직이며 매일 관광객을 쏟아 놓고 거둬들였다. 포트 카나발을 떠나 코즈멜, 그랜드 케이먼, 오초리오 등등. 미지의 세계를 접하며 새로운 문화와 역사와 자연경관을 즐기는 그 묘미는 감미롭고 달콤했다. 특히 바하마의 작은 섬, 그레이트 스티럽은 아름다움의 극치요, 지구촌의 파라다이스였다. 푸른 물감을 풀어놓은 듯 신비로운 코발트 빛깔의 바다, 끝없이 펼쳐진 흰 모래사장, 바다인지 하늘인지 구별하기 어려운 구름 한 점 없이 푸른 하늘, 방파제까지 밀려왔다 흰 포말을 날리며 부서지는 파도, 축제의 향연에 푹 빠진 관광객을 유유히 배회하는 흰 물새들…. 언제나 나를 들뜨게 만드는 한 폭의 환상적인 그림엽서를 남겼다. 일석이조의 시간이었다.

시시때때로 일렁이던 내 안의 파도를 잠재우며, 남은 삶을 지탱할 수 있는 튼실한 날개와 은밀한 꿈을 또 한번 보듬게 해준 캐리비안 바다. 오늘을 살아갈 수 있는 지혜와 에너지를 선물한 유익한 여행이었다.

코골이

한때 남편과 아들은 지독하게 코를 골았다. 특히 아들이 하키와 야구 경기를 한 날이면 그의 방에서는 요란한 소리가 났다. 컨비니언스를 운영하던 남편 역시 밤마다 아들 못지않은 실력이었다.

어느 날은 딸과 작당하여 곯아떨어진 남편의 코고는 소리를 녹음까지 했다. 자신이 코를 곤다는 사실을 인정도 하지 않음으로 그 소리가 얼마나 요란한지, 남의 잠을 얼마나 방해하는지, 증명해 주고 싶었던 것이다. 그러나 그 불분명하고 요상한 소리가 자신의 코 고는 소리라는 것을 잡아떼기는 마찬가지라, 허사였다. 젊은 시절의 나는 가끔 그것을 빌미 삼아 〈Good Housekeeping〉 잡지에서 읽은 기사로 은근슬쩍 협박까지 했었다. 옆에서 밤잠을 잘 수 없게 코를 골아서 배우자의 정상 생활을 방해할 정도로 심각한 피해를 줄 경우 이혼 성립의 조건이 된다는 내용이었다. 그가 시끄럽게 코를 골았다 해도 내 단잠을 손해 본 적은 없었지만 알아두면 득이 되는 이 비장의 카드를 놓칠 수는 없었던 것이다.

세월이 흘러 나도 며느리와 사위를 얻었다. 재작년 봄 오랫동안 꿈꿔오던 이태리 여행을 나와 딸과 며느리, 세 여자가 함께 떠났다. 어찌된 일인지 매일 아침마다 그들의 베개가 내 것과 반대 방향에 놓여있는 게 아닌가.

"왜 그쪽에 베개를 놓고 자니?"

"엄마가 너무 코를 골아서 잠을 잘 수가 있어야지요."

"내가 코를 곤다고? 그럴 리가….."

같은 방에서 잠잘 수 없을 정도로 코를 골고도 정작 당사자는 오리발을 내미니 어이없는 표정이 역력했다. 잠든 사람이 어찌 자신의 코 고는 소리를 들을 수 있겠는가. 그런데도 단잠을 설친 딸의 불평으로만 여기고 싶었으나 며느리 앞이라 시어미 체면이 말이 아니었다. 무안해진 나는 여행 내내 복용해 온 감기약 때문인 것 같다고 끝내 궁색한 변명까지 늘어놓고 말았다. 그런데 문득 섬광처럼 스치는 일이 있었다.

어느 날 새 소리에 잠을 깬 이른 새벽, 나 홀로 침대에 있었다. 분명히 남편과 함께였는데 언제 그가 나갔는지조차 기억에 없으니 아마도 곤히 잠들었나 보다. 옆방에서 인터넷 기사를 읽고 있는 남편에게 다짜고짜 물었다.

"왜, 이 시간에 그 방에 있어요?" 잠시 어이없는 표정이다.

"당신 코고는 소리가 얼마나 큰지 옆에서 잘 수가 있어야지."

"내가 코를 곤다구요? 코골이는 당신이잖아?"

그때는 생사람 잡는다고 화까지 냈었는데 이제 딸 얘기를 듣고 돌아보니 내 코 고는 솜씨도 만만치 않은 모양이다.

친우 여럿이서 화사한 하룻밤 봄나들이를 간 적이 있다. 오랜만에 가게와 집을 떠난 자유 부인들은 마치 들판에 풀어놓은 망아지들 같았다. 무한히 펼쳐진 아름다운 경치보다도 자주 목말라하던 정다운 친구들과 만난 유쾌한 시간에 먼저 취했다. 어둠이 깔리기도 전부터 타고난

유머 여왕의 방으로 모여들었다. 밤이 깊도록 대화는 대화를 낳으며 주제를 바꾸고 웃음보를 터트리며 푼수를 떨었는데 차츰 눈이 아스라해가고 목소리도 잠겨 들어가고 있었다. 드디어 한 쪽에서 코고는 소리가 얌전하게 새어 나오다 점점 더 거세지기까지 하였다. 무엇보다도 코까지 살짝 골다 언제 졸았냐는 듯 갑자기 대화에 끼어들고 또다시 코골기를 계속했으니 재주 치고는 비상하였다. 그 모습은 폭소로 이어지곤 했는데 결국은 아침부터 설쳐댄 피곤이 몰려와 너 나 할 것 없이 모두 잠에 빠져들고 말았다. 새벽녘에 일어나 서로 누가 코를 골았는지 확인하니 그 밤에 코를 골지 않은 사람은 아무도 없었다. 다만 상대방 코고는 소리만 들었지 자기 자신이 코를 골았다는 사실을 알고 있는 사람은 아무도 없었다. 이런 아이러니가 또 있겠는가.

이렇듯 자기 자신을 모르고 착각하며 사는 일은 다반사이다. 마치 내가 전혀 코를 골지 않는 사람으로 알고 남편만 성가시게 했던 것처럼 말이다.

그런데 착각은 분명 자유다. 잘 다스리면 득이 되기도 하고, 넘치면 해가 되기도 한다. 남들이 해주는 억지 칭찬도 진실로 받아들이면 자기 능력 이상의 일을 해낸다. 그들을 실망시키지 않기 위한 노력이 오히려 자신감을 불러일으키며 큰 결실을 맺게 된 그 모습이 감동을 줄 때도 많다. 가끔은 그런 모습이 푼수로 보일 때도 있지만 절대로 밉지는 않다. 모두 제 잘난 맛에 사니까 귀여운 착각으로 여겨질 뿐이다.

어느새 비상(飛翔)을 꿈꿨던 나의 젊은 날은 지나갔다. 내 마음을 흔들어대던 남편의 코고는 소리도 예측불허한 삶과 맞물리며 정다운 생명의 노래로 들려오기 시작했다면, 이것도 귀여운 착각일까?

딸이 심은 라일락

새벽녘 뒤뜰을 내다보며 화들짝 놀랐다. 마치 요술 담요를 타고 얼음 왕국에 도착한 듯 온 세상이 유리알처럼 빛나고 있었다. 나무와 잔디, 멀리 있는 숲과 도로, 그리고 전신줄까지도 온통 얼음으로 덮여있는 게 아닌가. 밤새 내린 비가 기온이 내려가면서 얼음 비(freezing rain)로 변하며 불과 하루 만에 딴 세상을 만든 것이다.

넘실대는 파도 위로 반사된 한여름의 불타는 햇살보다도 한층 영롱하고 신비한 정경이었다. 그러나 그 아름다움을 감상하는 것도 잠깐, 뒤늦게 그 얼음 밑에 깔려 신음하고 있는 생물이 사방에서 모습을 드러냈다. 얼마나 죽을힘을 다해 버둥댔는지 수십 년 동안 지탱해 온 나무들의 생가지들이 허연 살을 내놓은 채 부러지고, 더러는 뿌리째 뽑혀 나와 그 모습이 참담했다. 얼음 왕국의 아름다움을 즐길 수 있는 대가치고는 무자비하였다.

십여 년 전 퀘벡과 온타리오 킹스톤 지역이 얼음 비로 엄청난 피해를 입었던 적이 떠오른다. 당시 대학생이던 딸이 일주일이 넘도록 도시 전체에 전기도 물도 공급이 끊긴 암흑상태라 아무도 오가지도 못하는데 마치도 *엔테베 작전에서나 볼 수 있는 방법으로 킹스톤을 탈출했다.

개인 헬리콥터를 가진 친구 아버지의 도움으로 그 지역을 빠져나올 수 있었다.

이번 역시 토론토를 포함하여 온타리오 동남부 지역을 강타한 얼음비로 인하여 수많은 사람이 가족과 함께 보낼 크리스마스 연휴를 암흑 속에서 불편과 추위와 싸우며 지내야 했었다. 현대인이 누리고 있는 물질문명의 반작용이 얼마나 심각한 것인지 겪어본 시간이다.

그날 우리도 작은 피해를 입었다. 이 집으로 이사하면서 딸과 남편은 두 그루의 라일락을 뒤뜰에 심었었다. 30년 전에 심은 그 흰빛, 자줏빛 라일락은 울타리가 없는 우리 집 뒷마당의 경계선으로 수문장 역할을 하였다. 무슨 일이 있어도 우리를 보호해 줄 듯이 뒤에서 떡 버티고 서있다가 매년 5월이 오면 겨우내 무디어진 우리의 눈과 마음을 윤기 나게 만들었다. 라일락이 한창 꽃을 피울 땐 향긋하고 은은한 향내로, 소담스러운 꽃송이로, 집 주위의 품위를 높여주었다. 몇 송이 잘라 꽃병에 꽂으면 꽃향기에 취해 들어간 개미들이 그 속에서 쏟아져 나와 멀리서 명화를 감상하듯 바라보았다. 매년 5월이면 잡초 하나 피어나지 않은 푸른 잔디 위에 우뚝 선 채 여왕다운 위용을 한껏 품어내는 자줏빛 흰빛 라일락을 바라보노라면, 옛 추억이 새록새록 피어나며 결혼한 딸의 어릴 적 추억을 불러왔던 것이다.

단 하룻밤 사이 내 딸같이 정겨운 그 자줏빛 라일락이 네 동강이가 났다. 비록 비스듬히 기울어지긴 했어도 네 가지 중 성한 가지 하나를 살릴 수 있어 천만다행이긴 하였다. 그런데 이 무슨 조화란 말인가. 모범수(樹)로 올곧게 잘 자란 자줏빛 라일락은 무참하게 부러진 데 비해 심을 때부터 불량하여 삐딱하게 기울어졌던 흰빛 라일락은 잔가지 몇 개만 내버린 채 멀쩡한 게 아닌가. 마치 삶의 길목에서 인생의 거센 비바람을 헤치며 자란 사람의 강인함을 흰빛 라일락에서 보는 듯했고, 아무 어려움 없이 평탄한 삶을 살아온 사람이 갑자기 닥친 난관 앞에서 무참하게 쓰러진 연약함을 자줏빛 라일락에서 보는 듯했으니 말이다.

라일락은 '젊은 날의 추억' '첫사랑의 감동' '아름다운 맹세'라는 감상적인 꽃말을 지녀 젊은 연인들에게 사랑을 속삭여주고, 시정(詩情)을 일으키며, 꿈과 희망을 안겨주는 꽃으로 알려져 있다. 그러나 나에겐 딸이 심은 라일락인 만큼 세월이 흐를수록 연정(戀情)보다는 자식을 향한 모정이 더 절실하게 느껴왔다. 특히 타국에 살고 있는 딸과의 아련한 추억을 되살려주는 라일락 향기와 보석 같은 꽃망울에 취하여, 눈시울이 젖는 그리움에 빠져들곤 하였다.

그런데 지난 3월, 십 년을 기다려온 외손녀를 얻었다. 기다림에 지쳐 희망을 접어가고 있었을 때, 귀엽고 건강한 외손녀를 순산하여 놀라운 희열을 누릴 수 있었다. 나와 딸과 사랑스러운 외손녀로 3세대 간 이어진 생명의 신비감은, 이제 겨우 가냘픈 목숨 줄 붙잡고 여린 꽃망울 하나를 내밀기 시작한 자줏빛 라일락에서도, 희망을 바라볼 수 있게 한다. 몸체 대부분이 잘려 나간 가련한 자줏빛 라일락, 그것이 살붙이를 떼어낸 고통을 딛고 어떤 꽃을 피어 낼지 사뭇 기다려진다.

* 엔테베 작전은 1976년 7월 4일, 팔레스타인 테러단에 의해 여객기가 공중
  납치되어 우간다의 엔테베에 억류된 인질들을 무사히 구출한 이스라엘 특공
  대원들의 습격 작전.

비빔밥 가족

한식에 대한 인기가 북미에서 나날이 높아가고 있다. 그래서인지 '한식 세계화'를 위한 다양한 행사가 국내외에서 자주 열리고 있다. 우리 고유의 전통 음식을 만드는 경연대회는 물론이고 한식의 우수성과 색채의 다양화에 착안한 강습회도 눈에 띄게 많아졌다.

어떻게 하면 한국 음식도 일본의 스시, 타이의 패타이, 이태리의 스파케티와 피자처럼 세계인이 즐겁게 자주 찾을 수 있게 만드느냐가 관건일 것이다. 한식 본연의 모습을 갖추고도 외국인의 입맛에 맞게 조리와 세팅(setting)에 중점을 두고, 한식의 독특한 맛과 향을 내어 고유의 맛을 살리는데 주력해야 하리라. 특히 세계만방에 한국기업들이 진출하고, 싸이나 김연아, 박세리 같은 월드 스타들을 배출하며, 세계 경제를 이끌어가는 G20 국에 속하여 한국의 국제적 위상이 치솟고 있는 현실이니 국가 이미지 상승과 직결될 수 있는 한식의 인기를 드높이는 것은 당연한 일이다.

나의 며느리와 사위는 한식을 특별히 좋아하는 서양인들이다. 우리 가족이 모이는 자리에서는 한결같이 한식을 기대하고 있어 장거리에 살고 있는 그들을 방문할 때마다 내 몸은 분주하고 고달프다. 그래도 마음만은 날아갈 듯 가볍다. 결혼한 자식들로부터 한식 조리법에 관한 질문을 받을 때나 함께 한식을 나눌 때만큼 보람된 일은 없다. 저절로 신바람이 나서 손이 많이 가는 음식들을 준비하면서도 입은 함박만 하게 벌어진다.

그들 역시 우리 식구가 되어 실수를 반복하면서도 이제는 한식 몇 가지는 자신 있게 만들 수 있게 되었다. 한식의 맛도 제법 낼 줄 알아 자신감이 붙은 며느리는 김치 담그는 일에 도전장을 내놓기에 이르렀다.

한 집안에 동, 서양의 혼합문화가 있으니 조심스러운 일이 한두 가지 아니지만, 언어 소통이 수월치 않은 나와 음식을 공유할 수 있음은 천만 다행이다. 한식의 독특한 맛을 즐기는 그들과 적어도 음식문화의 벽은 허물었으니 말이다. 만약 한식에 손을 대지도 않고 관심조차 두지 않는 가족 구성원이 한자리에 있다면, 밥상에 둘러앉아 나누는 가족 사랑이 제대로 자라날 수가 없지 않은가. 서로 음식 냄새에 신경을 쓰다 보면 모처럼 마련한 그 자리가 불편하기만 할 것이다.

비빔밥은 우리 애들이 자주 만드는 한식 메뉴다. 갖은 색상의 나물을 썰고 볶아 그 위에 계란프라이를 보기 좋게 얹어 내놓으면, 먹기가 아깝다고 근사하다고 사위는 사진기를 들이댄다. 고추장과 참기름 소스로 그 나물들을 비벼 먹으면 맛이 최고다.

그 맛에 빠져 건강식 메뉴인 비빔밥에 관심을 둔 아들 내외에게 몇 해 전 돌솥을 크리스마스 선물로 주었다. 그들은 고슬고슬하고 따끈한 돌솥비빔밥을 지으며 한식의 우수성을 말하곤 한다. 우선 맛있고 모양 있는 건강식이란다.

한 가지를 더 추가한다면 온 가족 사랑이 담긴 음식이 아닌가 한다. 서로 다른 개성들이 가족으로 모여 양보하고 신뢰하고 배려하며 마치 각종 나물이 고추장소스를 통해 하나가 되듯, 서로 사랑으로 하나가 되는 가족 같은 비빔밥이니 말이다. 음식만큼 서로의 마음을 나눌 수 있는 자리는 없을 것이다. 입이 즐거우면 자연히 마음이 열리고 따뜻한 정감이 따라오기 마련이다.

　언젠가부터 돌솥비빔밥은 아들 집의 손님상 메뉴로 당당하게 자리잡게 되었다. 우리 가정의 인기 메뉴인 비빔밥이 한식 세계화 메뉴로 선택되었다는 것은 지극히 당연한 일로 여겨진다. 다만 한식 메뉴의 서비스와 요리사의 청결 위생에 대한 의식과 한국인의 정서를 드러내는 인테리어 구상에도 힘쓴다면 '한식 세계화'의 전망은 더욱 밝아 보인다.

　온 지구촌의 벽이 허물어지고 있는 추세다. 세계 방방곡곡은 인종을 초월한 여행객들로 넘쳐나고 다른 문화와 종교, 음식과 언어에 대한 관심의 열기가 더해가고 있지 않은가. 아마도 머지않아 각 나라의 고유문화를 골고루 아우르며 세계인이 하나로 큰 조화를 이루는, 비빔밥 가족 시대가 올 것이라는 생각을 해본다.

마인드 스테이징

　방 안 공기가 갑자기 답답하다. 환기하려고 겨우내 닫아 놓았던 창문을 활짝 열어젖히니 이게 웬일인가. 뒷마당의 라일락에서 연푸른 잎들의 웅성거림이 들려오지 않는가. 불과 며칠 전만 해도 뭔지 모를 거무스름한 색채로 엎드려있던 그들인데 어느새 푸른 꿈을 온 누리에 뿜어내고 있었다. 내가 잠든 사이 사방으로 뻗은 뿌리로부터 마른 가지 끝을 수없이 오르내리며 수액을 날라, 끝내 작은 봉오리에서 푸른 잎을 밀어냈을 것을 상상하니, 막혀있던 내 가슴안에서도 작은 봇물 하나가 툭 터진다.

　지난해 아들이 집을 파는 과정을 지켜봤다. 그 집은 비록 30년이 넘은 집이었지만 전에 살던 집주인이 관리를 잘 해온 터라 외관상으로는 아담하고 실내 구조도 아기자기하고 예뻤다. 그 집을 구입했을 때 아들은 총각이었으나 그 후 결혼하여 두 아이를 키웠기에 지금은 분위기가 전혀 다른 집으로 변한 상태였다. 온 집안이 아이들 흔적으로 지저분하고 구석구석이 장난감으로 가득 차 난장판이었다. 어쩌다 그들을 방문할 때면 내내 신경이 쓰여 수시로 치워도 금세 또 어지럽혀져 나만 피곤해지곤 하였다.

그들이 집을 팔고 다른 곳으로 이사를 간다고 했을 때, 걱정이 태산같이 밀려왔다. 어떻게 저 많은 짐을 정리하여 집을 팔 수 있을지 생각만으로도 막막하였다.

그런데 젊음은 달랐다. 불과 1주 사이에 다른 집으로 만들었다. 매일 직장에서 돌아와 그 엄청난 짐을 정리하여 상자에 넣어 창고(storage)에 맡기고 온 집안을 새 페인트로 칠했다. 홈 스테이징(Home Staging) 전문가와 부동산업자의 조언을 받아 온 집안을 기본 가구만으로 깨끗하고 간소하게 장식하니 공간이 더욱 넓어 보였다. 가구 배치도 바꾸고 가족 사진과 기념품을 치우고 일반 장식품으로 바꿔 아기자기한 분위기를 다시 살려낸 것이었다.

놀랍게도 단 일주일 만에 집이 팔렸다. 집을 개조하지 않고도 분위기만 바꿔 아들이 원하던 가격을 받을 수 있었다. 만약 내가 그 집을 팔아야 한다면 어떻게 했을까 생각해 보니 보나마나 경비를 줄인다는 명목으로 청소만 열심히 했을 터이니 집 매매는 장시간이 걸렸을 거라 짐작한다.

홈 스테이징 전문가는 집을 팔 때 리모델링과 인테리어를 도와 집안을 한층 더 아름답게 꾸민다. 그래서 집을 사는 사람이 새로운 꿈을 구상할 수 있게 활용 공간을 넓혀 좋은 인상을 갖게 하며, 집의 가치를 높여 매매를 수월하게 돕는 전문직이다.

오늘은 왠지 그 홈 스테이징의 의미가 젊은 날이나, 60대의 지금이나 항상 같은 자리를 지키고 있는 내 자화상과 오버랩되며 새로운 의미를 부여하는 것이다. 마치 오래 방치된 집 같은 나. 세월의 흔적으로 남은 편협한 생각과 편견으로 묵직해 가는 고집, 무관심으로 점점 무디어 가는 감성, 새로운 지식과 도전을 향한 두려움, 편안함에 안주하고 싶은 무력감에서 벗어나려면 나도 마인드 스테이징(Mind Staging)이 필요하지 않을까. 한결 소박하나 멋있고, 투명하나 훈훈한 마음의 공간을 넓히는 공사(工事)를 하고 싶다. 열린 공간으로 집을 넓게 보이도록 개조하는 것이 요즘음 추세이듯 내 안도 열린 시각과 열린 가슴으로 리모델링하고 부드러운 예술의 향기로 그 여백을 채우는 인테리어를 구상해 본다. 전혀 개량(改良)도 단장(丹粧)도 하지 않아 오만하고 경직된 어른의 모습처럼 추한 것도 없지 않은가.

기형도 시인의 〈노인들〉의 마지막 시구가 가슴을 찌른다. '부러지지 않고 죽어 있는 날렵한 가지들은 추악하다.' 메마르고 딱딱하게 죽은 가지는 마땅히 떨어져야 한다. 그래야 그 자리에서 새잎이 돋아난다. 만약 그 죽은 가지가 우리의 굳어진 생각과 정신이라면 어떻게 될까. 새로운 생각과 맑은 정신을 방해하는 요인으로 추해지고 말 것이다. 삶의 연륜은 경험을 풍부하게는 하나 고정관념으로 굳어질 확률이 높다고 본다. 노년에 이를수록 마인드 스테이징은 자기 관리 차원에서 꼭 필요하다는 생각이 든다.

세상에서 가장 어려운 일

늘 궁금했었다. 어떻게 이민자로서 서툰 언어와 낯선 문화를 극복하고 상류층을 상대로 하는 고급 의상 비즈니스를 성공시킬 수 있었을까. 그녀가 수줍게 소개한 동영상은 예사롭지 않았다. 토론토 다운타운에서 32년째 에미스 뷰틱(Emy's Boutique)을 경영하고 있는 송 여사의 케이블 TV 인터뷰였다. 그녀는 자기 인생에 의미를 주는 가장 중요한 요소들은 교회와 패션과 예술이라고 했다. 패션에 민감한 가정에서 성장하여 예술 감각을 자연스럽게 키우며 좋아하게 되었단다. 두말할 것 없이, 이 땅에서의 직업이 자신이 꼭 하고 싶은 일인 동시에 자신 있게 할 수 있는 일이라면 한번에 두 마리 토끼를 잡은 성공한 인생이라고 말할 수 있을 것이다.

그녀의 사업비결은 섬세한 고객관리와 뛰어난 의상 감각에 있었다. 얼마나 고객관리를 잘했으면 30년을 지나며 단순한 고객 관계를 진한 우정 관계로 발전시킬 수 있었겠는가. 그녀 주위에는 여행, 영화, 음악회에 동행하는 코드가 맞는 고객들이 많은 것을 보면 사람의 진심은 언어와 문화의 벽도 가볍게 넘어설 수 있는 것 같다.

그녀는 손님에게 어울리는 옷과 액세서리로 콤플렉스는 가리고 매력은 돋보일 수 있는 패션을 제안하는 코디네이터인 동시에 고정관념을 뛰어넘게 만드는 조언자로 의상 전문가이다. 무엇보다도 그녀를 향한 나의 감동은 단순히 이익을 남기기 위한 사업가라기보다 손님과의 관계를 통해 인생을 사랑하고 즐기는 사람으로 보인다는 점에 있다.

오래전 플로리다 팜 비치에서 만난 사람이 떠오른다. 그는 세계적으로 알려진 명품 상가에서 자신의 이름을 상표로 단 핸드백 가게를 운영하고 있었다. 자신이 직접 디자인하고 한국에서 제조한 그 핸드백에 대한 우월감과 열정이 남달랐다. 대나무의 왕골과 가죽을 이용한 사시사철 사용할 수 있는 실용적인 특이상품임을 열심히 설명했으나 문제는 고가(高價)에 있었다. 명품은 고가여야 한다는 그의 지론에 설득력은 실렸지만 정작 그는 세일즈맨으로서의 품격에 문제가 보였다. 누구나 알 만한 세계적인 명품 가게들이 즐비한 그곳에서 고가를 다루는 직업에 어울리지 않는 옷차림과 헤어스타일, 그리고 초라한 가게 진열대로 어떻게 다른 유명 디자인 상품과 경쟁을 하려는지 이해가 되지 않았다.

그뿐만이 아니다. 여행객이 밀려드는 세계적인 관광지만을 골라 비즈니스를 옮겨 다니는 그의 경영방식도 보통 사람과 달랐다. 6개월 혹은 1년의 짧은 계약기간으로 비싼 임대료를 내니 적자운영은 당연한 결과로 보였다. 그런데도 분주한 관광지에 가게를 내야만 자신의 물건을 알아주는 고객들을 만날 수 있다고 주장하니 난감한 일이 아닌가. 단골이 아닌 뜨내기손님을 상대하는 그의 상식을 넘어선 아집 때문에 집시처럼 떠돌이로 살다가 결국은 가정도 깨지고 곁에 남아있는 친구도 더 이상 없다고 하니 안타깝기 짝이 없었다. 외곬 인생으로 세상에서 완전 외톨이가 되었는데도 사업을 향한 아집만은 밧줄처럼 질겨 보이던 그.

오늘도 미국의 대도시 어딘가에서 자신의 상표를 알아주는 고객을 찾아다니고 있을 그의 외로운 모습이 눈에 선하다. 명석한 머리로 순탄치 못한 환경을 딛고 일류 대학까지 나온 그의 아메리칸드림은 정녕 이런 것이 아니었으리라. 마치 미지의 섬에 혼자 남겨놓은 듯 위태로워 보이던 그가 오늘 갑자기 송 여사 인터뷰 사이에 모습을 드러냄은 두 사람의 대조적인 비즈니스 방식 때문이 아닌가 한다.

"세상에서 가장 어려운 일이 뭔지 아니?"

"흠…. 글쎄요. 돈 버는 일? 밥 먹는 일?"

"세상에서 가장 어려운 일은 사람이 사람의 마음을 얻는 일이란다."

생텍쥐페리의 〈어린 왕자〉에 나오는 대화 내용이다. 흔히 성공적인 삶은 원만한 인간관계로부터 좌우된다고 하는데 하물며 이윤을 남기는 비즈니스 세계는 오죽할까 싶다. 오랜 세월에 걸쳐 서로 신용이 쌓이지 않으면 결코 얻을 수 없는 이윤이 바로 사람을 남기는 일일 것이다.

오늘의 송 여사가 더욱 빛나 보이는 이유도 바로 사람을 얻을 줄 아는 그녀의 비범함에 있지 싶다.

chapter_2

살아서의 만남

연리지 부부

    은퇴하자고 조른 건 나였다. 남편은 그런 내 생떼를 3년간이나 잠자코 견뎌냈다. 아마도 한 가정의 가장으로서 쉽지 않은 결정이었을 것이다.

    아이들이 어렸을 때, 서양 명절(추수감사절, 성탄절, 부활절)이 오면 서툴지만, 서양식 명절 식단을 마련하려고 애를 썼다. 이 나라의 풍습을 제대로 알지는 못했지만 이곳에서 자라는 아이들에게 추억을 만들어 주려고 나름대로 노력한 것이었다. 내 자식들에겐 이 캐나다가 모국이니 말이다. 그런데 번번이 만찬을 차려 놓고도 네 식구가 함께 식사할 수가 없었다. 남편의 자리는 늘 비어있었고, 가게를 닫은 한밤중에서야 혼자 늦은 식사를 할 수밖에 없었다.

    그렇게 살아온 세월이 20년을 훌쩍 넘기고 보니 어느새 자식들이 우리 곁을 떠나고 있었다. 왜, 무엇을 위해, 온 가족이 식사도 같이할 수 없는 생업을 지속해야 하는지 그 명분을 더는 찾을 수가 없었다. 아직 건강할 때, 더 늦기 전에, 그간 잃어버린 삶의 의미와 즐거움을 누려보고 싶은 갈망만이 터질 듯 부풀어 올랐던 것이다.

    은퇴하면 무엇을 하며 살까 고민하던 남편의 주저는 기우였다. 날마다 얽매인 스케줄로부터의 자유, 가게 운영상에 생기는 문제로부터의 자유, 무엇보다도 시간적으로 여유로우니 마음의 평화를 누리기 시작했다. 이른 아침에 일어나지 않아도 되고, 피로하면 아무 때나 쉴 수가 있고, 오랫동안 미뤄났던 일들도 처리할 수 있었다.

아침이면 토스트와 요구르트, 과일 곁들여 커피 한 잔을 느긋하게 들며 새벽에 배달된 신문을 자세히 살펴 읽는 즐거움도 컸다. 가끔 창밖으로 쏟아지는 햇빛을 벗 삼아 호숫가와 숲속을 산책하는 여유도 싱그러웠다. 식사 때마다 서로 얼굴을 마주하고 그 나머지 시간은 아래층과 위층에서 각자 다른 생활을 한다. 간간이 친구가 생각나면 전화를 잡고 수다도 떤다. 저녁에는 함께 한국인 드라마로 다양한 삶의 모습을 접하며 메마른 감성을 적셔보기도 한다. 몸이 뿌듯하면 운동 삼아 탁구도 치고 골프도 함께 간다. 손주들이 보고 싶으면 영상통화를 하거나 장거리를 달려가 만나는 기쁨도 나눈다.

이 모든 일은 은퇴하지 않으면 절대로 누릴 수 없는 소중한 시간이니, 얼마나 적절한 때 은퇴를 결단했는지 퍽 다행스럽기만 하다.

언젠가부터 이렇게 살아가는 우리 부부의 모습이 연리지(連理枝) 나무를 연상케 한다. 연리지 나무란 서로 다른 뿌리를 가진 이웃 나무끼리 가지가 서로 붙어서 결이 하나로 이어진 것을 말한다. 일명 사랑 나무로 불리며 연인과 부부의 영원한 사랑을 상징한다. 두 나무의 가지가 만나면서 서로 문질러 껍질이 터지고 생살이 뜯기면서 점차 상처가 아물어 같은 나이테를 갖는다는 연리지. 그 과정에서 껍질이 파괴되고 안쪽으로 밀려나 맨살끼리 닿게 되면서 서로의 나무 세포가 갈라지는 고통을 인내해야 한다.

이런 고통을 10년이나 견뎌야 비로소 연리지 나무의 특징인 서로의 영양분을 공유할 수 있다고 하니 얼마나 신비로운 자연의 조화인가. 마치 남녀간의 사랑이 많은 장벽을 거치면서 완성된다는 평범한 진리를 나무가 그대로 보여주고 있는 것 같다. 특히 그것은 수십 년 동안 갖은 불화와 갈등을 아우르며 평탄하게 살아가는 노년의 부부 모습과 다를 바가 없지 않은가. 실제로 다정스러운 노부부를 보면 성격도 얼굴도 많이 닮아 보인다. 그 이유는 모난 돌이 세월에 닦여 동글동글한 조약돌로 변형되듯, 서로 부딪히면서 인내하고 양보하고 배려하며 타협을 배우기 때문이 아닐까 한다.

그러나 요즘 젊은이들은 연리지 나무 같은 결혼 생활을 이해할 수 있을까? 그들은 철저하게 각자의 영역을 구분하며 서로 구속하지 않는 결혼 생활에 가치관을 두는 것 같다. 우리 세대처럼 인내와 희생을 무조건적으로 하지 않고 쉽게 이혼을 결정하는 경향이 아닌가. 어쩌면 무턱대고 참고 견딤을 미덕으로 생각하며 살아온 우리 세대가 비합리적일 수도 있겠다. 하여, 근래에 부쩍 많아진 황혼이혼도 충분히 이해가 갈 만도 하다.

은퇴 후 나의 일상은 한 나무가 부실할 때 서로 영양분을 주고받으며 공생하는 연리지 나무를 닮아가고 있다는 사실을, 요즈음 와서야 깨달아가고 있을 뿐이다. 강산이 네 번이나 바뀐 세월을 함께 산 부부이니 오죽하겠는가. 한때 상대방을 위해 일방적으로 살아가는 줄만 알고 억울해한 적도 있었으나 그것 역시 나 자신을 위한 길이었으니, 얼마나 새로운 깨우침인가. 이제야 남편의 건강과 행복을 내 것인 듯 챙긴다.

위대한 발견

유쾌한 전화였다. 오랜만에 친우와 나눈 대화의 주제는 '위대한 발견'에 대한 거였다. 흔히 '위대한'이란 형용사를 쓸 때는 온 인류를 위해서 빛나는 훌륭한 업적을 이뤘을 때 사용한다. 과학자도 탐험가도 아닌 우리같이 평범한 사람에게 무슨 위대한 발견이 있는지 궁금하지 않은가.

그녀의 답변은 70여 년을 살아왔지만 지금까지 전혀 알지 못했던 자신의 성격에 대해 처음으로 인지하게 된 점을 스스로 '위대한 발견'이라 불렀다고 한다. 사실 우리는 때때로 남보다도 자기 자신에 대해서 가장 모르는 사람이라고 여길 수도 있으니 말이다.

얼마 전 그녀는 한 지인을 만났다. 둘은 세상 돌아가는 이야기를 나누다가 서로 간에 상대방 성격에 관하여 속마음을 털어놓기 시작했다. 푸근해진 마음으로 들어서인지 여태껏 자신이 인식하지 못하고 살아온 성격과 행동을 지적받으면서도 불쾌감 대신 깜짝 놀랐다고 했다.

그녀는 매사에 적극적이고 조직적인 성격에 열정마저 넘쳐 많은 행사를 계획하고 추진하는 선봉장 역할을 주로 맡아 한다. 그런데 볼품 있게 행사를 마치고도 뒷말을 듣는 편에 속한다. 그럴 때마다 남 몰래 마음을 다치면서도 소신만은 버리지 않고 당차게 살아가는, 말하자면 맷집이 좋은 사람이다. 비록 그렇다 해도 열심히 일하고도 날아오는 돌을 왜 자기가 맞아야만 하는지, 때로는 그녀를 우울에 빠지게 했다. 조금씩 쌓인 응어리를 전화로나마 나와 함께 나눌 수 있어서 다행스럽게 여길 뿐이다.

그날 자신의 허점에 대해 그 지인이 적나라하게 일깨워줬다는 것이다. 그녀 개인의 능력은 우수하지만 남보다 너무 앞서가다 보니 함께 일하는 팀원들을 힘들게 하며 거부감까지 들게 함을 지적 받았다 한다. 결국 일하면서 마음이 어긋나기 쉬운 상황을 본인 스스로 자주 만든다는 거였다. 어쨌든 그녀는 이 놀라운 지적에 반감을 갖는 대신 마음 깊숙이 받아들이며 자신을 돌아보는 계기로 만들었다. 그랬더니 조금씩 이해가 되기 시작하며 앞으로 어떻게 살아가야 할지도 윤곽이 보인다고 했다. 기실 그 지적이 한 개인의 삶을 전환점으로 발전시킬 수 있다면 얼마나 획기적인 위대한 발견이 아니겠는가.

나 역시도 일상에서 '위대한 발견'을 가끔 한다. 만약 그런 기회가 없다면 한결같이 나 자신은 완벽한 사람으로 착각하면서 남 탓만 하며 살아가기 십상인 것이다.

오래전에 한 가족으로부터 상처를 받고 마음이 고통스러웠던 적이 있었다. 그날은 이상하게도 상대방의 배려 없는 거친 말이 그냥 받아들여지지 않았다. 마음이 상해서 진정이 되지 않고 일이 손에 잡히지 않았다.

생각할수록 괘씸하기 짝이 없었다. 후에 나 홀로 침묵의 시간을 가지며 우리 사이에 무엇이 문제인지 골똘히 생각해 보기 시작했는데, 갑자기 내 머리를 내려치는 게 있었다. '가족이기 때문에 그런 무례함이 일어난다는 사실', 어느 누가 잘 모르는 사람에게 그리 함부로 말할 수 있겠는가 싶었다. 신뢰하는 사이라 자신의 감정과 말을 거르지 않고 직사포로 쏘기 때문이라는 바로 그 인식이었다. 그 사실은 큰 깨달음이며 참으로 '위대한 발견'에 속했다. 왜냐면 그 이후로 바위처럼 뭉쳐있던 내 마음이 저절로 얼음 녹듯 풀어졌고, 다시는 어느 가족으로부터든지 더 이상 상처를 받지 않게 바위처럼 단단해졌으니 말이다.

　친밀한 관계일수록 서로 상처 주는 일이 비일비재하고, 더 나아가 배신감에 쌓여 절교하는 일이 생기는 것도 같은 맥락이다. 서로 신뢰하기에 여과하지 않은 감정과 언어를 그대로 표현할 수 있는 관계라는 점을 먼저 깊이 돌아볼 수만 있다면 결코 아픈 상처로만 남지 않을 것이다. 이처럼 평범한 사람들의 '위대한 발견'이란 한 개인의 생각을 변화시켜 삶을 훨씬 더 평온하게 이끌며, 보다 폭 넓은 이해와 성장을 주는 깨달음에 있다고 본다면 내가 지나친 건가. 기실 인생을 변화시킬 신앙을 선택, 자신에게 적합한 직업 선별, 능력 있는 의사와의 만남, 신뢰로 맺어진 우정도 한 개인의 삶에 있어선 '위대한 발견'이라 해도 무리가 아닐 것이다.

메멘토 모리

일전에 시어머니가 계시는 캐슬뷰 양로원을 다녀왔다. 엘리베이터로 3층에 나서면 바로 눈앞에 간호원 사무실이 있다.

넓은 홀에는 눈에 초점을 잃은 노인들이 무표정하게 서로를 바라보고 있다. 자기 옷을 뒤집어썼다 벗었다 하는 분, 알아듣지 못할 괴성을 지르고 있는 분, 누군가를 계속 찾아 헤매는 분, 앉은 자리에서 깊은 잠에 빠져있는 분, 눈이 마주치는 사람에게 이리 오라고 허공을 향해 손을 내미는 분, 그곳에 모여 있는 거의 모든 노인은 불편한 몸을 워커(Walker)에 의존하여 지낸다.

그들 앞에서는 나의 건강한 구두 발자국을 떼기가 미안하여 까치발로 조심스럽게 걸어가야 한다.

평상시 우리가 잊고 지내는 죽음을 깊이 의식할 수 있는 장소로는 양로원과 병원, 그리고 장례식장이 있다. 다만 장례식에서는 이미 세상을 떠난 분들이기에 쉽게 과거 완료형으로 끝날 수 있으나, 병원과 양로원만큼은 결코 무시할 수 없는 미래 진행형으로 다가오는 것이 다를 뿐이다.

오늘따라 '메멘토 모리(memento mori)'라는 라틴어가 가슴안에서 맴

돌고 있다. 그 뜻은 "자신이 언젠가 죽는 존재임을 잊지 말라"는 의미로 간단하게 '죽음을 기억하라' '죽음을 잊지 말라' 등으로 번역된다. 이 말은 일찍이 로마 공화정 시절의 개선식에서 유래되었다. 전쟁에서 승리한 장군에게 허락되는 개선식에서 그 영광의 장군은 에트루리아 관습에 따라 얼굴을 붉게 칠하고 네 마리의 백마가 이끄는 전차를 타고 그날만큼은 '살아 있는 신'처럼 대우를 받았다. 그러나 전차에는 노예 한 명이 함께 탑승하여 개선식이 끝날 때까지 끊임없이 메멘토 모리(죽음을 잊지 말라)를 귓속말로 속삭여 개선장군에게 너무 오만하지 말라는 경고를 주었다고 한다. 우리가 추구하는 쾌락 부귀 명예 승리는 죽음 앞에서 모두 부질없는 것이라는 허무주의적인 의미를 담고 있는 말인 것이다.

생전에 피곤함을 모르던 친구가 갑자기 세상을 떠났다. 가끔 맹장이 있는 오른쪽 배 아랫부분이 뜨끔뜨끔 아플 때가 있었지만 곧 괜찮아졌기에 의심을 하지 않았다. 어느 날 하이킹 중 다시 아프기 시작했는데 그날은 통증이 사라지지 않아서 병원에 갔다. 분명히 맹장일 거라고 가볍게 생각하면서. 그러나 병원에선 입원시켰고 여러 날에 걸쳐 정밀 검진한 결과는 맹장에서 시작한 암이 간으로 퍼진 상태라고 했다. 서둘러 수술을 시도했으나 이미 다른 부위까지 퍼져있어 맹장만 떼어내고 말았다. 내 이웃 중에서 가장 건강했던 그녀는 매일 달리기하며 화초와 채소를 가꾸고 케이크를 굽는 고상한 취미생활을 맘껏 즐기며 살았다. 결국 키모 치료 1년간을 잘 견디다가 세상을 등지고 말았다.

그녀는 떠나가기 전, 자신의 뒷마무리를 철저히 하고 떠났다. 치료를 받던 1년이란 시간을 어설픈 희망에 젖어 절망하지 않고 오히려 현실을 받아들이고 자신에게 주어진 시간을 품위 있게 보냈다. 자신의 허물어져 가는 모습을 절대로 다른 사람들에게 보이지도 않고 장례 절차까지 자신이 직접 챙겨놨던 것이다. 어떻게 보면 죽음을 준비할 수 있었던 그녀가 행운일 수도 있겠다.

어느 해 모국 방문 시, 양재 화장터에서 다 타버린 친지의 뼈를 갈아서 작은 유골함에 담는 과정을 지켜보았을 때의 막막함과 허무감을 어찌 말로 표현할 수 있을까. 눈물도 미움도 사랑도 그 어떤 감정도 묵직한 바위로 굳어버린 가슴속으로 스며들었다. 도대체 산다는 게 뭐길래 그리 동분서주 뛰며 떠밀려 살아가야 하는지, 왜 그렇게 만족하지 못하고 살았는지, 모든 게 허망하고 어리석어 보였다. 왜 우리는 죽음을 먼 훗날 남의 일로만 생각하고 살아가는 것일까?

그래도 산 사람은 살아야 된다고 생각하게 된 것은 그분의 자연장(自然葬)을 마친 뒤, 높고 푸른 하늘 아래에서 싱그러운 가을바람을 만났을 때다. 싸늘한 찬 바람이 막힌 가슴을 시원하게 뚫어주며 정신을 맑게 만들었으니 말이다. 이제 나도 어느 날 갑자기 도둑처럼 닥칠 죽음을 미리 준비하는 의미에서 자식들에게 남길 마지막 편지를 더 늦기 전에 써놓아야겠다. 매우 울적한 날이다.

만남의 자리

때때로 식사 초대를 받는다. 다람쥐 쳇바퀴 돌 듯 분주한 이민의 삶은 휴식 시간조차 마련하기 힘든 실정인데 맛있는 음식까지 준비하여 이웃을 초대하는 따뜻한 마음은 고맙기가 그지없다.

'너는 너, 나는 나'라는 서양식 개인주의에 익숙해져 있는 이곳 생활에서 마음과 음식을 함께 나누고 싶어 하는 한국인의 정은 그 자체만으로도 귀하고 소중한 일일 것이다. 그런 아름다운 초대가 세월이 흐를수록 우리 주위에서 점점 줄어듦은 갈수록 우리의 삶이 더욱 분주해지고 건조해진 탓이라는 생각이 든다. 또한 노년기를 맞으며 생활의 간소화와 젊은 날의 열정과 기운이 감소되었기 때문이리라.

어떤 모임이든 초대의 질과 만남의 의미는 함께 나누는 대화와 어떻게 시간을 보내느냐에 따라 결정된다. 허심탄회한 대화로 서로 배려하는 유익한 시간이 된다면 오랜 시간을 함께 보내는 즐거움은 굳게 닫혔던 마음조차 열게 만든다. 이웃들로부터 온기와 생기를 얻을 수 있는 기회가 되기도 한다. 비록 예의상 초대에 응했다 할지라도 미리 가졌던 선입견과 마음의 부담을 떨쳐내고 흉허물의 벽을 허물며 쌓인 스트레스를 말끔하게 푸는 재충전의 시간을 보낼 수 있으니 말이다.

그런데 어떤 경우에는 상대방을 무시한 일방적인 대화에 휘말리어 일어설 수도, 앉아있을 수도 없는 어려운 지경에 이를 때도 있다. 다른 사람들에 관한 관심과 시간 배려 없이 단 한 사람이 대화의 기선을 잡고 횡설수설하며 자기 말에 도취되어 있는 경우에는 꼼짝없이 '울안에 갇힌 동물 꼴'이 되고 만다. 이럴 때는 함께 있는 사람들을 피곤하게 만들며 남의 귀중한 시간만 축내는 불유쾌한 시간을 보내게 된다.

사적인 자리에서의 바람직한 대화란 서로 진솔하게 의견을 나누며 부담 없는 정담을 오순도순 나누는 것이리라. 다른 사람들의 생각은 안중에 두지 않고 알맹이 없는 자기 개인 이야기를 끊임없이 들려주는 행위는 예의에 어긋난다고 본다.

이런 분을 만나게 되면 자리가 불편해지고 가슴이 답답해 온다. 거절하기 힘들어 나름대로 할 일을 미루고 그 자리에 와 있는 사람에게는 갈등의 시간이 될 수밖에 없다. 당연히 자리를 함께한 사람들의 공동 화제를 이끌어내서 서로 주고받는 대화가 되어야 모두 즐겁고 진지한 시간이 될 것이다.

모처럼 바쁜 중에 어렵게 만나 좋은 모임을 가지려면 다른 사람의 귀중한 시간을 헤아려 봄도 지혜이리라. 사실 우리는 살아가기에 바빠 자신이 좋아하는 사람, 만나고 싶은 사람, 깊은 대화를 나누고 싶은 사람, 보고 싶은 사람조차도 마음껏 만나지 못하며 살아가고 있는 실정이 아닌가. 남을 초대하는 일도, 초대에 응하는 일도, 상대방에 대한 깊은 배려에서 시작하지 않으면 오히려 불편한 관계로 발전하기 쉬운 것 같다. 잘못하면 공연히 음식 장만 하느라 고생만 하고 서로 귀한 시간만 축내는 예상치 못한 결과를 초래할 수도 있으니 말이다. 어쨌든 초대하는 쪽만 대접하는 것이 아니고, 초대를 받은 쪽도 대접하는 의미에서 응한 것이니, 이왕이면 바람직하고 유익한 시간, 헤어지기 섭섭한 '아쉬운 만남의 자리'로 만들어야 되지 않을까 싶다.

 따사한 햇볕이 누구에게나 주어지듯 시간도 누구에게나 공평하게 하루 24시간이 주어진다. 또 아무리 지나간 시간으로 되돌아 가려 해도 갈 수도 없다. 그런 귀한 시간을 낭비하며 지내느냐 아니면 시간 관리를 잘하여 자신의 삶에 유익함을 만드느냐는 순전히 자신의 선택에 달렸을 것이다. 오늘은 나의 시간 못지않게 남의 시간도 소중함을 마음 밭에 꼼꼼히 심는다.

그게 뭐길래

"보톡스에 관심 있으면 언제든 비서에게 문의하세요."

성형 전문의 자격을 갖고 있는 우리 가정의는 가끔 내게 묻는다. 신세대와는 달리 성형에 대해 알레르기를 갖고 있는 나는 보톡스라는 단어만 들어도 거부감이 생긴다.

그런 나도 캐나다에서 태어나 서양인과 결혼한 딸에게 쌍꺼풀 수술을 제안했다가 강한 항변을 되받은 적이 있다. 자기 남편은 현재의 동양적인 자신의 외모와 성품에 매력을 느끼고 있다며, 불가피한 결함이나 건강상의 문제가 없다면 태어난 그대로가 곧 최선의 자기 모습이라고 당당하게 주장했다. 딸은 어렸을 때 서양 아이들로부터 일자로 찢어져 끝이 살짝 올라간 'Chinese eye'로 인해 놀림을 받은 적이 있었다. 다만 자라면서 자신의 정체성을 찾은 후에는 바로 그 점이 한국인인 자신의 매력이라고 생각하게 되었다. 동양인의 눈을 굳이 서양인의 눈으로 바꿔야 할 명분이 없다며 잘못하면 자기만의 독특한 개성을 잃기 쉽다고 말해서 나를 부끄럽게 했던 것이다.

아주 오래전에 본 TV 단막극이다. 제목이나 작가에 대한 기억은 전혀 없지만 내용만은 아직도 생생하다. 다른 사람들에게 호감을 주지 못하는 얼굴 생김새를 가진 청년이 일류 대학을 나왔으나 번번이 직장 면접에서 떨어졌다. 거칠게 생긴 못난 외모가 문제였다. 그는 못난 얼굴에 대한 열등감이 죽고 싶을 만큼 컸다. 결국 자살 대신 성형을 결심하고 미남의 남자로 변신하고 만다. 그 후부터 그의 삶에도 변화가 뒤따랐다. 좋은 직장도 얻고, 미모의 여성과 결혼도 하고, 아이 아빠도 된다. 그런데 그들의 아이가 이 청년과 그의 아내를 전혀 닮지 않은 데서 문제가 생긴다. 의심은 서로 간에 불신을 낳아 끝내 이혼을 결심하기에 이르는데, 우연히 길에서 한 성형 의사를 만남으로써 그 답이 풀리고 만다. 청년은 물론이고 아내 역시 성형을 했던 것이다. 서로 상대방을 향해 "당신, 성형을 한 거야?" " 당신도?…" 외치며 자신들을 전혀 닮지 않은 갓난 아이에게도 성형시켜야 할지 말지 난감해하는 내용으로 끝난다. 오늘까지도 시대적, 사회적 이슈를 날카롭게 지적한 좋은 작품으로 기억하고 있다.

멋진 외모가 한 개인의 자존감을 높여줌은 부인할 수 없는 사실이다. 또한 일반적으로 보통 사람들은 생김새가 험악하거나 얼굴이 못생긴 사람에게서 매력을 느끼기는 드문 일이다. 그러나 외모보다 내면의 아름다움을 찾는 사람에게는 최악의 외모나 결정적인 신체적 결함조차도 문제가 되지 않는 것을 실제로 우린 주위에서 찾아볼 수 있지 않은가.

나는 선천적 장애인을 돌보다 결혼하는 건강한 여인과 남성을 보면 참으로 감동을 한다. 그것은 순전히 자신의 본성을 뛰어넘는 숭고한 사랑의 힘이 아니면 할 수 없기 때문이다. 심지어는 사형선고를 받은 죄수나 시한부 삶을 살아가는 중환자와도 결혼하는 날개 없는 천사들도 있지 않은가 말이다. 조건과 환경을 뛰어넘어 영혼의 합일을 경험한 사람

만이 할 수 있는 진정한 용기라 여기고 있다.

요즘은 성형이 유행하는 시대다. 고출력 레이저로 피부관리와 피부치료도 대중화되었기에 어쩌면 이런 글을 쓴다는 자체도 시대에 뒤떨어진 건지도 모른다. 신문 기사에 의하면 성형수술로 인해 크고 작은 범법자까지 생겨났단다. 너도나도 무분별한 성형을 함으로써 그 부작용이 또 다른 사회적 문제로까지 등장한 것이다. 가짜 의사가 수술을 집도하고, 부주의한 약물로 인한 수술 후유증으로 생명을 잃거나 일생을 고통받으며 살아야 하는 경우도 생겼다. 그런가 하면 잘못된 시술이 불가피한 재수술로 이어져 급기야 성형중독에 빠지게 된 경우도 많다. 결국 본래 모습보다 훨씬 못한 성형괴물이 되는 폐해가 뒤따름은 기정사실이다. 범법자가 성형수술로 얼굴을 변형시켜 추적하는 데 시간을 소모했다는 기사도 있었다. 5년간이나 추적해 온 범인을 바로 눈앞에서도 알아보지 못했다니, 우리가 얼마나 무서운 세상에 살고 있는가.

아름다움에 대한 추구는 자연스러운 인간의 욕구 중 하나지만 자신의 생명보다 더 귀할 수는 없다. 만약 아름다움 자체가 우리의 행복한 삶을 보장해 줄 수만 있다면 얼마나 좋을까마는 분명히 일시적인 기쁨과 만족은 주나 곧 한계점에 이르고 말 것이다.

현대는 개성의 시대다. 예전과 달리 외모가 출중하지 않아도 자기만의 테크닉으로 연예인 유명세를 누리고 있는 것을 흔히 보게 된다. 어떻게 자신의 개성을 살리며, 건강하고 행복한 삶을 살아야 할지, 진정 고민해야 할 시대에 우리가 서있다. 이 모습 이대로 자신 있게 살아가는 방법으로는 외모 콤플렉스를 버리고 내면의 힘(만족, 평안, 절제 지혜…)을 키우는 것이 우선이지 싶은데, 그게 쉽지 않아서 문제다.

잊을 수 없는 선물

언젠가 한 번은 고백하리라 생각했었다. 어쩌면 우리가 영원히 부부의 연을 맺지 못했을지도 모를 그 사연을 말이다. 지금 되돌아보면 별일 아닌 듯 싶지만 당시 20대 초반인 나로선 심각한 일이었다.

크리스마스를 일주일쯤 남겨둔 어느 날, 나는 약속 장소에서 그를 기다렸다. 정성 들여 마련한 실크 목도리를 포장한 예쁜 상자를 만지작거리며 있었다. 마침 창밖에선 기다렸다는 듯 함박눈이 내리기 시작했다. 아늑한 다방 안은 〈오, 거룩한 밤〉이 조용히 울려 퍼지고, 애인을 기다리는 여인의 가슴은 한껏 행복으로 부풀어 올랐다. 무엇보다도 그로부터 받을 선물에 대한 기대가 더욱 로맨틱한 감정으로 몰고 갔다.

한데 그는 빈손으로 나왔다. 아무리 여자를 모르는 남자라 할지라도 크리스마스 선물은 당연히 주리라 믿고 있었다. 더군다나 가난한 대학생이 마련한 선물을 기뻐 감격하며 받고서 말이다. 영악한 나는 재빠르게 스스로를 위로하며 지금은 선물을 가져오지 않았지만 집으로 돌아가기 전까진 줄 것이라는 기대를 놓지 않았다.

그날 그는 나를 여기저기 끌고 다녔다. 저녁도 먹고, 크리스마스 기분으로 물결치는 명동거리도 거닐고 집까지 데려다주었으나 끝내 선물은 주지 않았다. 집에 돌아오니 조카들이 고모가 애인에게서 받은 선물을 보려고 기다렸다는 듯이 내 방으로 몰려왔다. 차마 그들의 실망을 볼 수 없어서 먼저 선수를 쳤다. "아마 바빠서 준비를 못 했나 봐, 내일 다시 만나니까 내일은 꼭 줄 거야."라며 변명까지 늘어놨다.

다음 날부터 그는 매일 나를 호출했다. 만나면 즐겁고 함께 하면 세상 부러울 것이 없어야 했는데, 때가 때인 만큼 내 속은 편하지 않았다. 왜 크리스마스 선물을 줄 생각도 안 하는지 알다가도 모를 일이었다. 마치 그 선물이 우리 사랑의 척도인 양 가슴이 흔들렸다. 그렇다고 대놓고 내놓으라고 하기엔 숙녀의 자존심이 허락 안 했으니 보통 실망이 아니었다.

내 체면은 더욱 말이 아니었다. 조카들은 내가 오기를 기다렸다가 오늘은 선물을 받아왔나, 못 받아왔나를 확인하고자 했다. 마치 고모부 감이 과연 쓸만한 남자인지 아닌지 이번 일로 합격, 불합격을 불러댈 기세였다.

막상 크리스마스도 그런 식으로 보내고 나니 점점 지쳐만 갔다. 드디어 12월 30일에 이르러서는, 더 이상 그를 옹호해 줄 인내심마저 잃고 말았다. "얘들아, 정말 실망했다. 그 사람 결혼했다가는 속깨나 썩게 생겼더라." 고백했다. 그러자 가족들은 당황해서 "남자의 속마음을 그렇게 쉽게 물건으로만 저울질하는 것이 아니다." 라며 달래기 시작했다.

그 해 마지막 날인 12월 31일이 왔다. 그날 그는 무척 허둥대며 뭔가 초조해서 어쩔 줄 몰라 하는 것 같았다. 애꿎은 담배만 피우다 어렵게 말문을 열었다.

"뭘 ~ 사주고 싶은데 무엇을 어떻게 사줘야 할지 몰라서 지난 2주간 고민했어."

참으로 어이가 없었다. 그게 뭐 그리 어려워서 자기의 위태로운 자리도 모른 채 온 거리로 나를 끌고만 다녔는가 싶었다. 진즉 내게 물었더라면 불필요한 신경전은 안 했을 텐데 말이다.

참으로 아슬아슬하게 그날 나는 멋진 선물을 받아냈다. 내 생애 잊을 수 없는 선물인 셈이다. 밤색 세무 반코트와 그에 잘 어울리는 체크무늬 울(wool) 바지였다. 그렇게 받아낸 선물을 자랑스럽게 집에 들고 간 나는 마치 개선장군인 양 흥분해서 발표했다.

"이 남자 그래도 괜찮은 것 같아, 결혼해도 별 탈 없을 것 같아."

결국 그 결정적인 선물은 아슬아슬했던 관계를 지켜 주었고, 다음 해 가을에 우린 부부가 되었다. 어느새 세월의 능선을 함께 오르락 거린 지 50여 년, 아직도 우린 건재하다.

그날의 소풍 도시락

오래전부터 연휴 때면 아들 카테지에서 사돈댁 식구들과 함께 보낸다. 그때마다 한국 음식을 즐기는 그들을 위해 음식을 준비하느라고 애를 쓰곤 한다.

늘 해오던 일이건만 요즘은 점점 힘에 부쳐서 생각을 바꿨다. 언젠가 내가 없을 때라도 이 음식을 만들며 나를 기억할 수 있게 이벤트를 열기로 마음먹었다. 해서 시작한 것이 재료만 준비해 가서 모두 함께 김밥 만들기, 만두 만들기에 참여시켰다. 김밥도 서로 취향이 달라서 자기가 원하는 재료를 택해 자기 몫을 직접 만든다. 채식주의자는 불고기를 빼고, 단무지 맛을 모르는 손녀는 그걸 빼고, 게살을 좋아하는 손자는 게살을 두 배로 넣어 만든다. 내 수고가 훨씬 줄고 애들도 만드는 재미에 빠졌다. 만두 역시 더 예쁘게 만들어 보려고 속을 넣었다 뺐다 하면서 매번 실력이 나아지는 모습에 내 긍지와 만족감이 늘어나고 있다. 매번 그들의 행복이 내게 전해올 때마다, 아직도 잊히지 않는 그날의 소풍 도시락이 떠오르며 아쉬움에 빠져들곤 한다.

고3 가을 소풍 때였다. 항상 선생님의 소풍 도시락을 챙겨오던 유난히 눈이 크고 예쁜 부잣집 딸이 이번에는 선생님 도시락을 싸올 수 없다고 했다. 이유는 기억할 수 없으나 아무리 부탁해도 소용이 없었다. 난 감했다. 반장이었던 나는 아무도 나서지 않는 선생님 소풍 도시락을 내가 준비하지 않을 수 없게 되었다.

소풍 때마다 담임선생님의 도시락을 챙기는 일은 비공식적인 반장의 임무이기도 했지만, 같은 반 아이 중에서 늘 자원하는 반우가 있기 마련이었다. 모처럼 선생님들이 야외에 나가서 함께 식사하는데 혹시 준비가 안된 선생님을 위한 배려 차원에서 생겨난 관례가 아닌가 싶다. 어쨌든 당시 4세대가 함께 살았던 내 형편으로는 내 것도 준비하기 어려운데 어떻게 근사한 선생님 도시락까지 준비할 수 있었겠는가. 어려운 지경에 이르렀다. 내 입장을 전해 들은 친정어머니는 근처에 살고 있는 막내 올케언니에게 약간의 비용을 챙겨주며, 나 대신 그날의 선생님 도시락을 부탁하셨다.

막상 소풍 가는 날, 선생님 도시락을 올케언니에게 전해 받은 나는 먼저 실망하고, 다음엔 부끄러운 감정에 휘말려 어찌할 바를 몰랐다. 보통 소풍 때 학부형들이 챙겨오는 선생님 도시락은 삼단 찬합에 가난한 집안의 아이들에게는 부러움의 대상이 될 만큼 먹음직스러운 귀한 음식이 가득 담겨있었다. 음식 내용물은 조금씩 달랐어도 주로 김밥 한 단, 각종 맛난 전 종류나 마른반찬과 나물 종류로 다른 단을 채우고, 마지막 단은 과일과 떡 같은 스낵종류로 오늘날로 말하면 후식용으로 채우곤 했다. 비록 한 번도 준비해 가지는 못했어도 늘 선생님 소풍 도시락에 익숙해 있던 나는 그런 완벽한 도시락을 올케언니한테서도 기대했던 것이다.

그런데 그날 올케언니가 준비한 김밥은 조그만 플라스틱 통에 달랑 김밥뿐이었다. 그것도 먹기에도 아까워 보이는 색깔이 예쁜 일반 김밥이 아니고, 당시 PX에서 나온 스팸만을 넣은 초라한 김밥이었다. 생각해 보면 갓 결혼한 올케로선 선생님들 소풍 도시락을 본 적이 있었을까 싶다. 딴에는 당시 아무 데서 구할 수 없었던 귀한 스팸이니 나름대로는 최선을 다했던 것이다.

철이 없었던 나는 언뜻 쳐다만 보고도 얼마나 실망스럽고 부끄러웠던지 도저히 선생님께 가져다드릴 용기가 나지 않았고, 그 자리에서 도망치고만 싶었다. 결국 친구를 시켜 누가 준비했는지 모르게 선생님께 갖다드리고 말았다. 여학교 마지막 소풍으로 마음껏 즐겨야 할 장소에서 죄인처럼 숨어있게 만들었던 그날의 도시락을 내 어찌 잊을 수 있겠는지.

당시의 그 담임선생님은 평상시에도 가정부가 따뜻한 점심을 쟁반에 담아 매일 배달왔다. 학교에서 집도 가까웠지만, 사모님의 정성이 대단하기로 소문이 자자했다. 그런 선생님이기에 그날의 내가 준비한 김밥은 너무나 볼품없이 초라한 도시락인 셈이다. 다른 선생님들 앞에서 그 도시락을 대하며 당황하셨을 선생님의 모습이 내게는 아직도 창피함으로 남아 있다.

나는 그날의 부끄러움으로 어떻게 소풍을 보냈는지 전혀 기억에 없고, 단지 그 초라한 김밥으로 인해 전전긍긍하던 내 모습만 안타깝게 떠오를 뿐이다. 지금이라면 최상의 도시락을 만들어 드릴 수 있는데, 더 이상 그 선생님의 안부조차 알 길이 없어 안타까울 뿐이다.

그날 이후, 나의 소박한 꿈의 하나는 삼단 도시락에 내가 정성껏 마련한 맛깔스러운 반찬과 김밥을 채워 피크닉을 가는 것이다. 오늘까지 그럴 기회가 오지 않은 건 유감이다. 내 애들이 어렸을 때는 학교 점심으로 샌드위치를 싸거나 학교와 거리가 멀지 않은 집으로 와서 점심을 먹었으니 말이다. 무엇보다도 친구들과 도시락 싸 들고 피크닉을 갈만큼 낭만적인 시간도 보낼 수 없었는데, 어느새 노년에 이르고 말았다.

언젠간 초라했던 그 소풍 도시락도 잊혀 가겠지만, 아픈 추억일지라도 내 안에 아직 자리 잡고 있음이 그저 아름다울 뿐이다. 언젠가 대나무 소쿠리에 삼단 도시락을 채우고, 푸른 잔디 깔린 공원으로, 나 반드시 피크닉을 가리라.

모국을 다녀와서

9년 만에 모국에서 살아가는 친지들을 다시 만났다. 그 모습이 각자의 성격만큼 특이하고 다양했다. 이국에서 살아가는 이민자들만 겪는 삶의 애환인 줄 알았는데 그게 아니었다. 엄밀하게 말하자면 인간으로 살아가려면 누구나 어디에서 살아가든지 겪지 않을 수 없는 삶의 무거운 짐이 아닌가 한다.

나의 가장 오랜 친구인 J는 만나보지도 못했다. 한국에 나갈 때마다 헤어지기가 섭섭하여 손을 꼭 잡고 몇 시간을 걸어도 지루하지 않았던 친구다. 이민 생활에 지쳐서 잃어버린 우정에 대한 그리움이 폭발 직전에 있을 때 나를 구해준 친구가 바로 그녀다. 이번에는 그녀의 건강이 문제였다. 낙상 사고로 무릎이 부서져서 몇 번의 수술 후 물리치료 중이었는데 지팡이를 짚고도 움직이기 어려운 상황이었다. 여학교 선배와 함께 잠시라도 얼굴을 마주하고 싶었으나 요지부동으로 거절하는 바람에 나는 9년 만에 얻은 만남의 기회를 놓치고 아쉬움만 남았다. 대신 카톡으로 가끔 안부를 전하며 지내는데 그 당시 나를 끝까지 만나길 거부했던 자신이 후회된다고 한다. 아마 오랜 병상 생활로 그녀의 가슴이 그만큼 피폐해져 있었던 게 아닌가 싶다. 기실 오랜만에 대하는 친구에게 자신의 초라한 모습을 보이고 싶지 않았을 것도 짐작은 한다. 그래도 그렇지 우리가 언제 다시 만날 수 있을지도 모르는 걸 생각하면, 가슴이 흔들린다.

나의 십여 명의 조카 중에서 한국방문 시 가장 많은 시간을 보냈던 M. 이번에도 함께 시간을 보냈으나 그녀 역시 예전과 다른 상황에 처해 있었다. 남편이 대장암 수술을 받고 치유 중이라 한국에 갈 때마다 우릴 반갑게 맞아주었던 그 조카사위와 대면도 못 했다. 대신 그녀의 사랑스러운 새 며느리와 두 아들을 거느리고 네온 불빛 찬란한 한강 변의 로맨틱한 분위기가 넘치는 식당에서 맛있는 이태리 음식을 나눴다. 아마도 우리는 새로운 것보다는 늘 있던 것의 부재에 더 민감한 것이 아닐까. 마음이 아팠다.

캐나다로 돌아와서도 조카사위의 안부가 궁금하지만 자세하게 알려주지 않는 소식을 채근할 수 없어 침묵하고 있자니 가슴 한편이 아리다. 참으로 많은 것을 누리며 살고 있는데 갑자기 건강에 이상이 생긴 것이다. 건강 관리 차원에서 테니스와 규칙적인 운동을 해 왔지만 막상 병마를 피할 수는 없었나 보다. 그래도 조카는 어릴 적 소질을 살려 그림을 배워 전시회까지 열었다 하니 그나마 위로가 되었다. 그녀의 언니와 함께 셋이서 감상한 영화 〈보헤미안 랩소디〉는 우리의 어린 시절을 회상하게 만들며, 기약할 수 없는 이별의 슬픔에 빠지게 만들었다.

이번에 가장 보람된 일 중의 하나는 둘째 오빠의 자녀들을 만난 점이다. 매번 한국방문을 할 때마다 연락이 닿지 않아서 보기 힘들었던 조카들이다. 이미 40대 후반에 들어선 그들은 튼실한 가정과 전문 직업을 가진 애들이다. 처음으로 그들이 마련한 식사 자리는 훈훈한 사랑의 기운으로 가득했다. 그들의 어릴 적 얼굴만 기억하고 있는 나지만 잘 성장한 모습 속에서 이미 고인이 된 오빠와 올케를 만나며 목젖이 젖어 들었다. 나와 유난히 가까웠던 그들의 아버지였는데 한 가족 간 형제사랑도 두 세대를 넘기지 못하는 것 같아 허망하기 짝이 없었다. 물론 내가 이민을 왔기에 생긴 일이기도 하지만, 비록 한국에 산다고 해도 장담할 수는 없을 것 같았다. 자랑스럽게 성장한 그들이 그저 고맙고 사랑스러웠다. 내 일정이 바빠 겨우 한번 만나고 헤어진 게 못내 아쉬움으로 남는다.

남편의 막내 이모 사랑은 각별하다. 어린 시절에 한 울타리 안에서 자라며 함께 어울려 놀았기 때문이라고 이해하고 있다. 결혼생활을 하면서도 그 이모에 관해서만은 특별히 챙기며 관대하여 우선순위에서 밀리지 않아 나를 당황시킨 적이 많았다.

이제껏 캐나다방문을 30번도 더 한 분이다. 오죽하면 후덥지근한 한국의 여름 날씨를 잊어버리다시피 하셨을까. 그러나 모든 일은 때가 있는 법, 벌써 3년째 이곳에 오지 못하신다. 우리가 한국을 방문한 당시에 요양원에 계시던 시이모부께서 돌아가셨다. 이젠 혼자서 자유롭게 캐나다를 자주 오실 줄 알았으나 맡고 계신 노인회장직 때문에 오실 수 없다고 한다. 책임이 자신의 안락보다 더 중요함을 깨달은 분이다. 그분의 캐나다 사랑이 유별나심을 아는 만큼 생각만 해도 마음 한편이 빈 공간으로 남는다.

나의 유일한 친정 언니는 내가 여중 때 결혼하여 충남의 작은 도시에서 내내 살아왔다. 이제 친정어머니께서 안 계시니 언니가 당연히 내 친정어머니인 셈이다. 이번에 만난 가족 중 가장 행복해 보인 언니는 일찍이 아들 둘을 사고로 잃었다. 자식을 둘이나 잃은 어미의 처절한 아픔과 슬픔을 내가 어찌 헤아릴 수 있겠는가. 하나 삶은 얼마나 공평한지 늦게 얻은 아들과 딸이 세상에 없는 효자 효녀이다. 대학 졸업 후 자신들이 원하는 직장에 들어가 능력을 발휘하고 인정받아 언니와 형부를 효성스럽게 챙긴다. 특히 감격스러운 것은 쌍둥이 손자를 얻은 점이다. 언니가 잃은 아들 둘이 손자 둘로 채워진 셈이니 얼마나 놀라운 일인지 생각만 해도 감사할 뿐이다. 노년에 이르러 자식 덕에 넉넉하고 평안한 삶을 누리고 있으니 마음이 놓이고 심지어는 부럽기까지 하다. 백제 유적지를 우리에게 보여 주느라 온 하루를 택시 대절해서 부여에서 함께 보낸 시간들을 어찌 잊을까 싶다.

모든 일에는 때가 있음을 다시 일깨운 여행이다. 만난 가족이나 친지들의 상황과 처지가 9년 세월 동안 완연히 달라졌기 때문이다. 가난했던 사람이 부유해지고, 아직도 넉넉함은 누리나 건강이 따라주지 않고, 죽을 만치 힘들게 살았으나 드디어 안정과 평안기에 접어들었으니 말이다.

누가 감히 자기의 삶을 장담하며 살아갈 수 있겠는가. 우리를 흔들어 대는 세월의 모진 바람을 무작정 피해만 갈 수는 없으니, 우린 지금 이 순간을 붙들고, 오늘 이 시간을 감사하며 감동하며 감격하며 살아가야 하리라.

살아서의 만남

　이십 년 전, 큰조카의 장녀 닐바나(Nilvana)를 스페인에서 잠시 만난 적이 있었다. 발렌시아(Balencia)에 있는 제 엄마의 묘지를 함께 방문하고 마드리드 관광에도 동행했다.

　그녀가 어린 일곱 살 나이에 제 엄마를 잃고 어떻게 살아왔는지, 또 그녀의 형제들은 어찌 살아왔는지 늘 궁금했고, 생각날 때마다 가슴이 먹먹해 오고 뜨거운 눈물이 솟아나곤 했었다.

　작년 12월 말경에, 그녀가 토론토를 방문 중인데 고모할머니를 만나고 싶다는 소식을 접했다. 내 소망의 하나인 그녀와의 만남이 이렇게 생각지도 않게 갑자기 이뤄지다니 믿을 수가 없었다. 그녀는 현재 미국의 한 명문대학에서 영문학 교수로 재직 중인데 어디서 만나도 바로 알아볼 수 있는 옛모습 그대로다.

　스페인 발렌시아에서 제 남동생을 낳아놓고 홀연히 저세상으로 떠나버린 무정한 엄마, 그 엄마와 어린 시절을 함께 한 고모인 나를 잊지 않고 찾아준 그녀가 고마웠다. 미국으로 돌아가기까지는 짧은 일정이었지만 두 번의 식사를 집으로 초대했다. 연말연시인데다 남편의 팔순을 며칠 앞둔 마음이 분주한 나였지만, 그녀와의 이 소중한 만남을 소홀히

할 수가 없었다. 마침 그녀는 어릴 적 엄마와 함께 먹었던 한국 음식을 조금 기억하고 있었기에 피곤한 줄도 모르고 정성껏 음식을 마련했다. 그녀 역시 동행한 고등학생 딸에게 한국 음식과 외할머니의 사진을 보여주고 싶은 속내를 드러내며, 우린 쉽게 국적을 초월한 가족이 되어갔다.

나의 사랑하는 조카 H, 33살에 1남 2녀를 세상에 남겨두고 홀연히 떠난 그녀를 나는 아직도 가슴에 품고 살아왔다. 그녀가 생각날 때마다 추억을 떠올리며 내 감정을 추스르기 힘들었던 적이 수없이 많았다. 그러나 오늘 그녀의 장성한 딸과 외손녀를 만나니 큰 위로가 스며들었다. 비록 그녀는 갔어도 이리 자랑스러운 딸과 외손녀를 옆에 남겨주지 않았는가. 그러고 보니 살아 있는 사람은 언제고 서로 만날 기회가 있는 것 같다. 그것이 삶의 비밀의 하나일 터이지만.

그 조카와 생명을 맞바꾸고 태어난 아들이 벌써 결혼하여 한 아이의 아빠가 되고, 아버지의 사업을 맡아 운영하고 있다고 한다. 그애가 사춘기를 지날 때, 자신과 생명을 맞바꾼 엄마를 생각하며 죄의식으로 마음고생을 심하게 했다고 들었다. 얼마나 힘들었을지 짐작이 간다.

그애 사진을 보면 내 큰오빠인 제 외할아버지를 꼭 빼닮았고, 신기하게도 둘째 딸은 전형적인 한국인 모습이다. 단지 장녀만 제 아빠를 닮은 아랍인의 모습이다. 한 형제간에도 모습은 닮지 않았지만 한국인 엄마의 피가 흐르고 있어서 한국에 관한 관심은 깊었다. 가끔 닐바나가 재직하는 대학사무실로 한국인 유학생들이 찾아온다고 한다. 한국계 교수라고 듣고 찾아와 아랍계 한국 혼혈인인 자기를 보고 놀라며, 국제결혼이 흔치 않았던 시절에 어떻게 레바논인과 한국인이 결혼하게 되었는지 신기해 한단다. 그만큼 당시로선 획기적인 결혼이었음에 틀림이 없다.

만약에 그 조카가 오늘까지 살아 있었다면 우린 여러 번 만날 수 있었을 텐데, 참으로 아쉽다. 이제는 은퇴하여 시간도 많아졌는데 그토록 어린 시절에 가깝게 지냈던 조카의 자식들을 찾아보지 않은 게 얼마나 무심한 일인지도 돌아보게 된다.

닐바나는 점점 잊혀져 가는 자기 엄마의 얼굴을 영원히 기억하기 위해 엄마의 옛 사진을 많이 보여 달라고 요청했다. 다만 나의 이민으로 몇 장 없는 그녀 엄마 대학 시절의 사진 중에서 한 장을 골랐다. 현재 자기보다도 더 젊었을 때 화려한 원피스를 입고 수유리 친정집 정원에 있는 밤나무 앞에 기대어 서 있는 긴 머리의 엄마였다. 그 사진을 자기 오피스 책상에 올려놓고 싶다고 한다.

나는 내 글 몇 편을 영역하여 보내기로 약속했다. 내 생애의 일부분을 채운 그녀 엄마와의 이야기를 꼭 들려주고 싶어서다. 비록 어린 시절의 우리였지만, 얼마나 서로 사랑하며 보듬고 의지했었는지 보여주고 싶어서다.

더 늦기 전 내가 아직 건강할 때, 조카의 딸을 다시 만날 수 있어 가슴이 벅차오르는 행복을 누렸다. 언젠가 나도 그녀를 깜짝 방문할 수 있기를 기대해 본다. 더 나아가 레바논으로 날아가 조카가 남긴 자손 모두를 만나볼 수 있기를 꿈꾼다. 살아서의 만남처럼 귀한 건 없을 터이니, 내 버킷 리스트에 올린다.

(2021)

가슴을 치다

    드라마 〈나빌레라〉는 울림이 컸다. 발레의 꿈을 펴는 칠십 대의 노인과 그의 발레 스승인 이십 대 청년이 주인공이다. 그 둘 사이에 세대 간을 초월한 가족 같은 끈끈한 관계로 사랑이 돈독 해져가는 이야기다. 이 드라마의 특징은 서로 나누는 대화 속에 무거운 삶의 진실을 가볍게 드러내며, 독자의 삶을 다시 되짚어보게 만든다는 데 있다. 내게는 주인공 노인의 절절한 말 한마디가 가슴에 박혀 온 마음을 공 굴리듯 돌아다닌다.

    "할아버지, 집에서 손자나 보고 편하게 여행이나 다니며 살아가야 할 칠순 나이에 무슨 발레를 하려고 그러세요?"

    "나는 한 번도 원하는 삶을 살아 보지 못했어. 지금이라도 더 늦기 전에 내 어릴 적 꿈을 한번 도전해 보고 싶어서 그래."

    갑자기 가슴이 아려온다. 지금은 아예 기억조차 할 수 없는 내 조각난 꿈이지만 그 주인공의 절실함에 힘입어 고개를 비죽이 내밀었기 때문이다. 언젠가부터 나도 존재감을 느낄 수 없을 만큼 떠밀려 살아왔지 싶어서다.

    과연 나는 어떻게 살아온 걸까? 되돌아보니 무력하기 짝이 없는 인생이다. 젊은 날의 푸른 꿈은 흔적도 없이 사라진 지 오래다. 무엇보다도 나 자신과 화해할 수 없는 점은 내 스스로 풍파를 헤쳐 나오지 못하고, 늘 도우미에 의지함으로써 혼자서는 우뚝 설 수 없는 무능력한 지경에 이르렀다는 데에 있다.

바로 오늘의 내 현주소이다. 물론 원하는 것을 선택할 수 없었던 이민의 삶으로 시작했지만, 좀 더 나를 키우려는 의지가 더 강했더라면 오늘의 나와 달리 자신감 넘치는 노년을 맞을 수도 있었으리라. 그러나 환경과 타협하고 안이함에 빠져 불편하고 힘든 상황을 피해 다녔으니, 현명하지 못한 선택의 결과임에 틀림 없다. 자신의 능력을 키웠어야 했는데 의존만 해서 살아왔기에, 칠십에 이르고 보니 꿈과 열정과 자신감은 모두 사라지고 하루하루가 안이함에 파묻혀 버렸다. 심지어 하고 싶은 것, 사고 싶은 것, 가고 싶은 곳조차 혼자 결정 못하고 우왕좌왕하는 모습은, 훗날 누군가의 무거운 짐이 될 확률이 높고, 이러다간 홀로 살아갈 능력조차 전혀 갖추지 못해 걱정이 앞선다.

몇 년 전 한국 여행 중 일어난 이야기다. 내 생애 그토록 마음에 드는 봄 코트를 만난 적이 없었다. 디자인과 색상이 내 취향에 맞아 기성복이지만 맞춤옷 같았다. 꼭 사고 싶었는데 비싼 가격이 내게 용기를 필요로 했다. 망설이고만 있는 나를 보다 못한 의상실 주인이 두 번이나 세일 가격으로 배려를 해줬는데도 끝내 구입 못 했다. 왜냐하면 살아오면서 그 가격대의 물건을 나를 위해선 스스로 사본 적이 없으니 말이다.

몇 년이 지난 지금까지 몹시 후회된다. 더군다나 구입할 능력이 없어서가 아니라 단지 자기 습성을 뛰어넘지 못한 행동이었기에 속내가 편치 않다. 생각해 보면 그게 오늘의 내 진짜 모습이다. 집을 개조하고 싶어도, 부엌 용품을 바꾸고 싶어도, 침실을 새롭게 치장하고 싶어도, 생각만 오르락내리락 정작 시간만 오래 끌며 혼자서는 결정 못 하는 내가 아닌가. 이곳에서 자신 있게 자라난 자식들이 왜 엄마가 진정 원하는 것을 끝까지 주장하지 못하는지 이해 못하는 것은 당연한 일일 게다.

어린 시절에 나이 차이가 많지 않은 다섯이나 되는 조카들과 함께 살았다. 어린 고모였지만 조카들과 달라야 했기에 무엇이든지 내가 원하는 것을 주장하거나 억지로 떼를 쓸 형편이 아니었다. 무슨 일이든지 참고 자제하며 내 것을 주장하지 못한 채 착한 어린이로 모범생으로 자라났다. 어쩜 그런 습성이 오늘에 이르기까지 내 삶 구석구석에서 모습을 보이고 있는 것 같아 때로는 서글프다.

지금은 욕심만 부리지 않는다면 무엇이든지 원하는 것을 당당하게 누릴 수가 있는데도 이미 오래전에 날개를 부러뜨렸으니 말이다.

살아보니, 부부 사이에도 서로 독립할 수 있는 능력을 키워주는 것이 바람직한 것 같다. 아니 반드시 생활 속에서 함께 풀어야 할 과제다.

언젠가 친구가 한 말이 가슴을 찌른다. 비즈니스 하면서 친구는 가게 문을 열고 닫아 본 적이 없는데, 어느 날 남편이 병원에서 수술받게 되었다. 갑자기 닥친 일이라 놀랐는데, 더 시급한 일은 부인이 가게를 열고 닫을 줄 모른다는 거였다. 병상의 남편 역시 혼자 가게 일을 해 본 적이 없는 아내 걱정에 담당 의사와 실랑이를 벌이며 퇴원을 강행하려 했다고 하니 남의 일로만 여겨지지 않는다. 그 경험으로 후에 따로 담당했던 일들을 서로 습득하게 되었단다.

나 역시도 그들처럼 서로 의존 관계에서 자유롭지 못한 거 같아서 마음이 무겁다. 혼자서는 살아갈 자신이 없는 여자인 나. 그럼에도 불구하고 오늘을 행복에 겨워 살아가고 있으니 숙맥임에 틀림없다.

"네 인생이 너의 스펙이다."

"네 인생은 너의 최고 작품이다."

많이 들어온 말이 아닌가. 누구도 대신해 줄 수 없는 내 인생이니 스스로 잘 다듬어 자기만의 빛나는 작품으로 만들어가야 한다는 의미이리라. 잠시 생각해 본다. 오늘까지 살아온 나의 의무이자 특권인 내 인생에 의미를 부여하며 제목을 붙여본다면 무엇이라 할 수 있을까? 어쩔 수 없이 '나, 바보로 살았네'가 가장 적합한 제목인 거 같아 한심스럽고 부끄럽다.

오늘 〈나빌레라〉 드라마 주인공이 던진 화두가 가슴을 치며, 잠자는 내 영혼을 깨운다.

chapter_3

열리며 닫혀버린 창

경쾌한 행진을

지난해 이사하면서 엄청나게 많은 살림살이를 없앴다. 넓은 집에서 여러 해를 살다가 좁은 콘도로 옮기는 일은 단순히 물건만 정리하는 일이 아니었다. 가슴안에 오랫동안 담아온 아름다운 추억과 이 날까지 지탱해 온 삶의 이야기를 버리는 거였다.

가끔 답답하고 무력감에 빠져 허우적거릴 때마다 청량제와 활력소로 다가왔던 것들이라 쉽지 않은 선택이었다. 지금까지 살아오면서 정들이고 가치를 부여하며 악착같이 붙잡고 살았던 것들이 어느새 더 이상 내게 큰 의미가 없는 현실을 맞이한 셈이다. 그래서인지 을미년을 마무리하면서 여태껏 허상에 사로잡혀 살아온 내가 아닌지 되돌아보았다.

아마도 오늘까지 내가 가장 아껴 온 물건은 단연코 책일 것이다. 흔히 여자들이 관심 갖는 옷이나 장신구보다도 책에 노골적인 집착을 드러냈었다. 책을 구입할 기회를 결코 놓치지 않았고, 한국에서 우송해 온 책들도 책장에 가득 찼었다. 그것들은 멀리서 바라보고만 있어도 마음속이 훈훈하고 충만해졌다. 텅 빈 큰 둥지보다는 한층 아담하고 편리한 주거지를 꿈꾸고 보니 그것들이 언제까지나 품고만 있을 수 없는 큰 짐이 되고 만 것이다. 3차에 걸쳐 400여 권의 책을 솎아냈다. 그 책들과 맺은 관계를 생각하면 아쉽고 서운했지만 어쩔 수 없는 현실 앞에서 마음을 접을 수뿐이 없었다.

어린 시절의 자식들이 탄 상패와 트로피를 정리하는 일, 또한 어려웠다. 내 생일이나 결혼기념일, 크리스마스 선물로 자식들이 작은 손으로 정성껏 만든 볼품은 없으나 행복 바이러스를 듬뿍 안겨주던 카드들도 어찌 버릴 수 있을까. "세상에서 제일 훌륭한 엄마"라는 감동의 찬사로 구멍 뚫린 이민의 삶을 프라이드와 행복으로 충만하게 채워주었던 그것들은 내 인생의 크나큰 선물들이었다. 그런데 정작 상패와 트로피 당사자들은 자기 자식들을 챙겨야 할 내리받이 인생들이니 어릴 적 영광은 순전히 부모를 위한 것일 뿐이란다. 다른 사람들에게는 아무 의미가 없는 그것들이기에 비감하지만, 용단을 내려야 했다. 아무리 값진 의미를 지녔다고 해도 상패들이란 바로 그때 그 시간을 위한 것이 아닌가 한다. 오로지 그 순간을 기쁨과 자랑으로 채워주는 것만으로도 족한 것인데 영원한 기쁨으로 지속되기를 욕심냈으니 우리는 얼마나 어리석은 존재인가.

지나간 삶의 역사가 담긴 사진첩을 간추리는 일, 역시 쉽지 않았다. 아이들의 출생부터 학창 시절을 거쳐 결혼, 그리고 손주들 사진까지 넘쳐났다. 거기다 사십여 년을 함께 살아온 우리 부부 사진도 만만치 않았다. 어느 것을 버리고 간직하느냐 그 한계가 문제였다. 요즘은 테크놀로지가 뛰어나 기기(器機)를 이용한 저장 방법이 다양하지만 아날로그 시대에 머문 우리에겐 인화 사진에 더욱 친근감이 간다. 추억이 담긴 것들을 과감하게 버리는 일만큼은 마치 살아온 날들을 송두리째 내던짐과 같았다. 끝내 사진마다 담긴 추억에 빠져 바람처럼 스쳐간 인연들이 남긴 흔적을 가슴에 묻었다.

그 외에도 끈끈한 정에 얽히지 않은 물건들은 기부단체를 이용하면 되니 한층 수월하였다. 이토록 살아가기 위한 필수품으로 소중하게 여겼던 것들이 한낱 가라지 세일 품목으로 추락하는 과정을 아쉬움으로 지켜보았던 것이다. 그런데도 아직 너저분한 살림살이가 보일 뿐더러, 더 나아가 새로 장만하고 싶은 물건마저 생겨나고 있으니 어이가 없다.

과연 우리가 살아가기 위해선 얼마나 많은 소유물이 필요한 걸까? 톨스토이는 〈인간에게 많은 땅이 필요한가〉라는 단편에서 보여준다. 인간이 아무리 욕심내고 피땀 흘려 엄청난 땅(재산)을 얻는다 해도 종내 우리가 필요로 하는 것은 자신이 죽어서 묻힐 2m 남짓의 묘지뿐임을. 비록 그렇더라도 아직 생명이 있는 나에겐 아무리 간소하게 살아가려고 해도 삶의 품위와 즐거움을 유지하기 위해선 필요로 하는 물건이 끊임없이 생겨나고 있다. 이토록 솟아나는 욕망을 억제할 수양(修養)이 부족한 나이니 어쩌랴.

또다시 새해의 꿈을 꾼다. 현명한 포기는 좌절이 아니라 새로운 기회의 문을 여는 법, 짊어진 짐이 무겁고 힘겨우면 한 걸음도 앞으로 나아갈 수가 없고, 설사 나아간다 해도 목적지까지 도달할 수 있을지 미지수일 것이다. 한결 가벼워진 기대와 잔잔한 설렘으로 유쾌한 콧노래를 부르며 원숭이해를 맞는다.

새 노트북을 가득 채울 감동 넘치는 우리들의 아름다운 이야기를 찾아 떠나고 싶다. 경쾌한 행진의 첫발을 힘차게 내디딘다.

소나기

아침 신문 기사 하나가 눈길을 끈다. 〈지구촌, '보트피플'로 몸살〉. 이 기사 제목은 오래전에 잊은 무덥던 여름 한 자락으로 나를 이끈다.

그날 우리는 피서 겸 지인을 만날 계획을 했었다. 개학을 앞둔 아이들과 가까운 친구 가족이 함께 어울려 심코 호수 쪽으로 향했다. 두 시간을 달려 도착한 지인의 가게는 휴가철인 만큼 정신없이 바빴다. 먼 길을 달려갔지만, 우리를 위해 그의 생업을 방해할 수는 없어서 대신 모터보트를 빌려 시원한 뱃놀이에 나섰다.

호수 물빛을 닮은 푸른 하늘은 티 없이 맑은 얼굴이었다. 힘차게 밀려왔다 하얗게 부서지는 짙푸른 파도는 무더위에 지친 우리의 몸과 마음을 시원하게 달래줬다. 온갖 걱정과 근심이 물거품과 함께 저절로 사라지는 것 같았다. 호숫가에 즐비한 카테지들은 마치 동화 속에 나오는 요정의 집처럼 신비로웠다. 문득 잠시 올려다본 하늘빛이 전과 같지 않은 느낌이었고, 그 위로 간간이 회색 구름이 몰려들고 있는 듯도 하였다. 마냥 즐거웠던 우리는 무작정 호수 한가운데를 향하여 계속 모터보트의 속력을 냈다.

어쩌다 보니 호수 위에 나뭇잎 하나가 떠 있듯 우리의 보트가 호수

중앙에 오롯이 떠 있는 게 아닌가.

와락 두려움이 일기 시작했다. 호숫가에서 바라볼 때보다 호수의 실제 크기가 엄청나게 컸던 것이다. 거대한 자연 앞에서 우리 인간은 지극히 미약한 존재임을 절실하게 느끼는 순간, 시나브로 주위가 어두워지며 갑자기 빗방울이 떨어졌다. 뱃놀이에 팔린 우리는 순식간에 먹구름이 몰려오는 것조차 눈치채지 못했다. 아차 하는 순간에 소나기가 세차게 퍼붓기 시작했다.

사전에 아무 준비 없이 무작정 보트를 탔던 우리는 몹시 당황했다. 별수 없이 최대한 빠른 속도로 호숫가로 돌아나가야 했다. 하나 세찬 빗줄기로 인해 속도가 붙지 않았다. 짧은 여름 옷차림의 아이들은 추위에 웅크린 채 겁에 질려 떨고만 있었다. 무엇보다도 시간을 오래 끌수록 보트 안으로 물이 차올라 가라앉을 것만 같았다. 놀란 두 가장(家長)은 필사적으로 보트를 운전하고, 나는 아이들이 동요하지 않게 보살폈다. 얼마 후, 그렇게 멀어 보이기만 하던 호숫가의 카테지 근처로 무사히 접근할 수 있었다.

멀리서 우리를 바라보고 있던 노부부가 손짓했다. 막상 보트를 어디에 대야 할지 몰라 허둥대는 우리에게 자기 집 보트가 매어있는 덕(dock)으로 오라는 표시였다. 갈수록 더욱 거세진 빗줄기에 온몸을 적시며 겨우 보트를 안전하게 정착시켰을 때는 모두 기진맥진하고 말았다. 흠뻑 젖은 우리를 집안으로 끌어들이며 마른 수건을 건네준 친절한 노부부는 구식 검정 스토브에 물을 끓였다. 아이에게는 핫 초콜릿을, 어른에게는 향이 은은한 커피를 대접했다. 어느 정도 긴장과 추위에서 벗어난 우리에게 그들은 상냥하게 물었다.

"당신들은 어디서 왔나요?"

"우리는 토론토에서 왔습니다. 잠시 이곳에 사는 친구를 만나러 왔다가 보트를 빌려 탔지요."

우리의 대답을 들은 노부부가 놀라운 표정으로 활짝 웃었다. "우리는 당신들을 '보트피플'로 생각했어요." 하는 게 아닌가.

당시는 베트남전으로 발생한 '보트피플'이 세계적 이슈가 되었던 때이니 당연한 상상이었다. 무엇보다도 그날 비에 흠뻑 젖은 동양인 가족의 초라한 몰골이 그렇게 보였을 것이다.

노부부의 집을 나서니 어느새 강한 햇살이 뜨겁게 내리쬐고 있었다. 거짓말처럼 온 세상이 소나기 퍼붓기 전 그대로였다. 그토록 풍랑이 일고 파도가 치던 호수도 잔잔하기가 그지없었다. 인생 여정에서 맞닥트리는 삶의 소나기도 그렇게 후딱 지나가 버리고 만다. 갑작스레 만날 땐 버겁고 괴로워 죽을 것만 같아도 지나가면 별거 아님을 깨닫게 된다. 비록 작은 상처와 흔적을 남긴다 해도 돌아보면 한결 영롱한 빛으로 단단하게 여물어가는 성장의 기회였지 싶다.

40년 전 그날의 소나기는 겁이 없었던 내 젊은 날의 에피소드 한 편으로 남았다.

한여름 밤의 추억

사면은 아득하고 고요했다. 가끔 발자국소리에 놀란 날벌레가 튈 뿐 그 어떤 소리도 깊은 어둠에 묻혀버렸다. 갑자기 촛불 심지처럼 불을 밝히며 눈앞에서 날아다니는 귀엽고 신기한 물체가 나타났다. 반딧불이었다. 도시에선 본 적이 없는 그것은 밭과 논길 사이를 자유롭게 날아다니며 우리 주위를 맴돌았다. 어둠에 익숙해질 무렵에는 손을 뻗으면 머리 위에서 만져질 듯한 별 무리가 가로등인 양 반짝이며 앞서 길을 밝혀주었다.

한적한 농촌에서 맞이한 여름밤은 감상적이고 매혹적이나 마냥 즐길 수만은 없었다. 지금쯤이면 하루의 마무리 회의를 기다리면서 앞마당은 떠들썩해야 마땅한데 우리 대원들이 묵은 숙소로부터 인기척이 없으니 이상하기만 했으니 말이다.

학창 시절 남녀 8개 고교생이 여름방학을 이용하여 농촌계몽 활동이 목적인 클럽에 참여한 적이 있다. 여름방학이 시작된 7월 중순경 30여 명의 대원들이 7박 8일 일정으로, 지금은 마을 이름이 기억나지 않는 충북의 한 농촌으로 떠났다. 마침 장마철이 지나간 직후라 크고 작은 도로가 패이고, 개울물이 넘쳐 네 시간 넘게 돌아가는 산길이 험악하고,

후덥지근한 찜통더위에 입은 옷이 땀으로 젖어 들어 불쾌지수가 만만치 않아 순간적으로 후회가 앞서곤 하였다.

그곳은 60년대 전형적인 한국의 농촌 모습을 담고 있었다. 끝없이 펼쳐진 밭과 논을 에워싼 나지막한 산이 있고, 그 산밑으로 옹기종기 초가집들이 사이좋게 웅크리고 있는 고즈넉한 곳이었다. 우리 숙소는 마을 중심지에 자리 잡은 마을회관이다. 주민들은 그곳에 모여 회의도 하고 마을 잔치도 연다고 했다.

도착한 다음 날부터 우리는 여러 그룹으로 나눠져, 낮에는 동네 산등성이에서 마을 아이들을 맡아 율동과 학습을 지도하고, 집집을 방문하여 약품도 나눠주고, 집 안팎을 소독도 해 주고, 일손이 딸리는 밭일을 도와주기도 하고, 준비해 간 시멘트로 주민들과 함께 도로 보수에 참여하기도 했다. 밤에는 청, 장년부와 처녀반, 부녀반을 열어 주민의 어려운 애로점을 듣고 배우며 교제하는 시간을 가졌다. 도시 생활에 익숙한 우리로선 농민을 계몽한다기보다는 오히려 우리가 농촌을 경험하는 유익한 기회였지 싶다.

나와 한 팀을 이룬 동갑내기 Y는 말이 없으나 체격이 좋은 호남아였다. 사춘기의 남녀 학생들이라 엄격한 통제 아래 그와 나는 처녀반을 맡아 당시 사회문제로 떠오르던 '시골 처녀들의 무작정 서울 상경'에 대한 경계심을 갖게 하며, 문맹자들이 있는 만큼 '한글을 깨우치는 일'을 맡고 있었다. 그날도 여름밤의 유혹에 빠져들지 않고 Y와 나는 수업을 마치고 곧장 숙소로 돌아왔는데, 이미 가지런하게 놓인 대원들의 신발을 보니 뭔가 잘못된 것을 직감했다. 마치 꿈을 꾸는 것같이 몽롱해오며 퍼뜩 짚이는 게 있어 시간부터 확인했다. 분명히 9시쯤 되었어야 하는데 수업 중에 한 번 들여다본 똑같은 시간인 7시 30분이 아닌가. 농촌봉사대를 이끌고 온 단장은 대원들 앞에서 지금 10시까지 어디서 무엇을 하다 왔는지 추궁하기 시작했다.

이 갑작스러운 상황에 우리 둘은 어찌할 바를 몰랐다. 시계가 고장 난 줄도 모른 채 규정대로 수업을 마치고 돌아온 것을 증명해야 했으니 말이다. 그렇지 않으면 규칙을 어기고 둘이 데이트하다 돌아온 것으로 간주 될 판이었다. 아마도 로맨틱한 농촌의 밤이기에 그리 상상하고 싶었으리라. 대원들의 표정은 은근히 우리가 걸러들기를 기대하는 눈치였는데 단장만이 갑작스러운 사태에 당황하는 기색이 엿보였다. 나는 멈춘 시계를 풀어 확인을 요청하며 수업 도중에 딱 한 번 확인한 시간과 똑같음을 정직하게 말했다.

얼마간 정적이 흐른 후, 결국 우리는 시계 고장으로 무죄를 선고받았다. 만약 유죄가 인정되었다면 일주일 내내 식사 당번과 반성문 제출을 해야 하고, 심하면 클럽에서 불명예 퇴출되는 벌칙을 당할 수도 있었는데, 비로소 안도의 숨을 쉴 수 있었다. 그래도 진실이 통할 수 있던 시절이었기에 지금까지도 위로가 된다. 황당했던 그 추억은 문득 Y에 대한 궁금증을 일으킨다. 그는 지금 어디서 무엇을 하며 살아가고 있을까? 아니, 아직 건강하게 살아나 있는 걸까?

갑자기 내 잃어버린 시간 속을 더듬다 숨은 그림 하나를 찾아낸 것이다. 때묻지 않은 그 추억은 방금 피어난 꽃처럼 싱그럽다. 오해는 불신으로 치달아 예상치 못한 결과를 초래할 수 있음을 일깨워 준 그날의 추억!

그 후 50년의 세월이 흐르면서 삶은 내게 가르쳐 주었다. 진실이 왜

곡되었을 때는 반드시 그 진실이 밝혀질 것을 믿고 때를 기다려야 하며, 아무리 하찮은 경험일지라도 결코 인생에 무의미한 것은 없다는 사실이다.

　모처럼 추억 따라 귀여운 반딧불과 어울려 농촌의 휘영청 밝은 달빛 아래 논길을 걸으니, 순진했던 단발머리 시절을 향한 은은한 그리움이 바람결에 일렁인다.

앞치마 매력

드라마 〈대장금〉을 본 적이 있다. 지금도 후편이 궁금하여 안달하던 그때 내 모습이 떠오르면 웃음이 난다. 〈대장금〉이 화제작이 된 이유는 주인공 '서장금'이가 온갖 시련과 역경을 딛고 최고의 의녀가 되기까지의 순탄하지 못한 삶의 여정과 색다른 궁중음식에 대한 흥미가 한몫했다고 본다.

서민 음식과 다른 궁중음식의 정갈하고 화려한 색상, 정성을 다해 재료를 준비하고 만드는 과정의 특이함, 그리고 음식을 준비하고 만드는 수라간 상궁들의 예사롭지 않은 생활 속에 숨겨진 이야기가 흥미와 관심을 불러일으켰던 것이다. 이 드라마가 종방한 지 이십여 년이 지났는데도, 아직까지 한류열풍을 일으키며 30여 나라에서 방영되고 있다는 것은 전혀 놀라운 소식이 아닐 만큼 뛰어난 드라마다.

그 드라마에서 화려한 궁중의상 못지않게 내 마음을 빼앗은 것은 앞치마 두른 아리따운 수라간 궁녀들의 모습이었다. 어릴 적부터 나는 앞치마 두른 여인을 보면 쫓아가 안기고 싶은 유혹을 느끼곤 했다. 왜 그런지 나를 포근하게 감싸줄 것 같은 모성애가 느껴지기 때문이다. 이 나이에도 조리대 앞에서 앞치마를 두른 여인에게는 무조건 후한 점수를 주게 되니, 단지 소녀적 감상이라고만 말할 수 없겠다. 예쁜 앞치마를 두르고 음식을 만드는 여인을 보면 정결함이 돋보여 그녀가 만든 음식을 먹어보지 않고도 맛있는 음식 맛이 느껴오니 말이다. 세월이 많이 흘렀어도 여전히 다양한 색상에 멋진 디자인의 '앞치마 매력'은 여전히 나를 붙잡고 있는 것 같다.

앞치마를 두르고 부엌에 서면 음식에 대한 내 마음가짐이 달라진다. 조리 과정이 번거롭고 귀찮다는 생각보다는 맛있고 색상이 아름다운 음식, 먹는 즐거움이 느껴지는 건강한 음식을 만들어 보겠다는 의지와 창의력이 솟아난다. 마치 예식을 준비하듯 진지해진다. 그것은 또한 아침 화장과 다를 바 없다. 일찍 일어나긴 했어도 눈이 게슴츠레하고, 하루 시작에 대한 막막함에 매어 있다가도 얼굴에 영양제를 바르고 입술을 칠하고 눈썹을 그리면 정신이 번쩍 난다. 하루 일과에 대한 뚜렷한 의식이 일어서기 일쑤다. 언젠가부터 남에게 보이기 위해서가 아니라 나의 나른한 정신을 깨우기 위하여 화장을 하고 있다. 앞치마를 두르고 부엌에 섰을 때나 비록 간단하게나마 아침 화장을 마쳤을 때의 기분은 매우 흡사하다. 앞치마는 만들어야 하는 음식 앞에서, 화장은 마주 할 그날의 일과에 대해서 열정과 기대가 솟아나니 말이다.

요즘은 앞치마가 여자들만의 전용물이 아닌 시대다. 세계적으로 이름 난 식당 오너이며 셰프(cheff)로서 성공적인 비즈니스를 하는 남성들이 얼마나 많은가. 또한 결혼하고도 직장생활을 이어가는 여성들이 흔한 만큼 가정에서도 집안 살림을 맡아 하는 남성들이 한층 눈에 띄고 있는 실정이 아닌가. 우리 세대와 달리 남성들이 가사를 돌보는 것이 더 이상 흉이 아니다. 그럼에도 변화의 빠른 속도를 따라잡지 못하고 있는 나 같은 사람도 있다. 엄마인 내 눈에는 아직도 부엌일을 열심히 하고 있는 아들을 바라보는 심정이 복잡할 때가 있으니 말이다. 머리로는 이해가 되나 가슴으로는 받아들이기 힘들다는 표현이 더 정직한 표현일 게다. 그래서 때론 딸을 돕는 사위까지도 안쓰러워지니, 얼마나 시대에 뒤떨어진 사람인가.

가끔 내 마음에도 앞치마를 두른다. 일상을 새롭게 맞이할 수 있게 만들고, 복잡한 세상살이에 빠져든 혼탁한 정신을 깨우며, 몽롱한 의식과 빛 잃은 영혼을 일으켜 세우는 아침 묵상, 그것이 아닌가 싶다.

새로운 날을 진지하게 맞이할 수 있게 만드는 아침 묵상은 하루를 여는 여인의 소박하나 간절한 소망을 샘솟듯 솟아나게 만든다. 그래서인지 앞치마를 두를 때마다 갑자기 기도하고 싶은 충동이 일 때가 많다. 하루를 잘 살아가도록 힘과 용기를 달라고, 최선을 다하는 하루가 되게 해달라고, 장거리에 살고 있는 자식들의 평안한 하루를 위하여, 기꺼이 어린아이처럼 매달리게 되니 말이다.

나는 마음이 자꾸 천상을 향할 때면 앞치마를 두르고 부엌에 선다. 나만의 충만에 젖어들 수 있는 좋은 기회를 놓칠 수 없어서다.

우리의 정체성은 어디로

이민 초에 알렉스 헤일리(Alex Haley)의 〈뿌리(Roots)〉 영화를 시청한 적이 있다. 서툰 영어 실력으로 미국에서 일어났던 흑인 노예에 대한 핍박의 실체를 보며 큰 충격을 받았다.

이 영화는 1767년에 쿤타킨테라는 열일곱 살의 아프리카 흑인 소년이 백인 노예 상인에게 납치되어 미국으로 팔려 와 그곳에 뿌리내리게 된 그와 그의 후손들의 삶의 실상과 고난을 보여준다. 쿤타킨테의 7대손인 저자 알렉스 헤일리는 외조모로부터 자주 들어온 조상들 이야기에 남다른 관심을 갖고 역사적인 자료를 수집하여 이 작품을 썼다고 한다.

이즈음 그 〈뿌리〉가 나를 다시 흔들고 있다. 쿠바에서 코레아노 후예들을 만난 충격 후유증 때문이지 싶다. 어느 날 우리가 머물던 호텔의 일식 주방장이 한국인 후예라고 해서 저녁 식사 겸 찾아갔다.

잘생긴 얼굴에 건강미가 넘치는 호남형의 남자였다. 그는 자신을 Bak(박) 씨라 소개하며 때 묻지 않은 미소를 지었다. 그러나 검은 머리칼 색 외에는 외모상으로 어딜 보아도 한국인의 모습은 찾아볼 수 없었다. 한국인 몇 세대인지조차도 알지 못하는 그였는데 함께 헤아려보니 증조할아버지가 한국인으로 코레아노 4세였다. 그날 우리는 그의 귀한 손님으로 특별한 메뉴를 서비스 받았다. 비록 우리에게 익숙한 맛은 아니었지만 뜨거운 동포애를 느끼기엔 충분하여 가슴 훈훈한 식사를 했다.

캐나다로 돌아온 이래 그와의 만남도 그렇고 쿠바 교회에서 만났던 한국인 후예들 모습이 온 마음을 어지럽히고 다닌다. 쿠바 한인 역사는 100년이 다가와 이미 코레아노 5, 6세에 이르렀고, 캐나다 한인 역사도 50여 년을 넘겼으니 그들 이야기가 결코 남의 일로 여겨지지 않기 때문이리라.

어느덧 내가 캐나다에 뿌리내린 지 45년이다. 3세인 우리 손주들이 결혼해서 아이들을 낳으면 그들은 4세가 되고 나는 증조할머니가 된다. 아마도 내가 30년 이상을 더 살 수 있다면 그들을 만날 수도 있을 것이다. 하나 그들 얼굴에서 나를 닮은 한국인의 모습을 찾아볼 수 있을까? 더 나아가 우리말과 한국문화를 조금이라도 접할 수 있을까 싶다. 사실 내 손주들은 이미 50% 한국인이기에 증손들은 25% 한국인일 가능성이 크다. 더 나아가 5세대에 이르러선 12.5%의 한국인이니 1세대인 나와 내 남편이 이 땅에 뿌린 한국인의 혈통은 거의 사라져 버린 셈이다. 결국 앞으로 우리 집안에서도 코리언의 정체성은 거의 찾아볼 수 없게 될 터이니, 이 세상에 왔다 간 흔적으로 나는 과연 무엇을 남기고 가는지 돌아보게 된다.

이민 1세대는 한국계 캐나다인으로서 선구자라 말할 수 있다. 태어난 한국과 현재 삶의 터전인 캐나다를 두 개의 조국으로 여기며 살아가야 하는 개척자인 셈이다. 그럼에도 불구하고 우리는 아직도 조국이라 하면 한국만 꼽게 되는 이방인이다. 이 땅에서 태어나 자란 후손들은 다를 것이다. 당연히 캐나다가 조국일 터이고 한국인의 혈통을 일부 이어받았다는 의식만 남게 되리라. 젠더 셔플(Xander Schauffele)이라는 프로 골퍼는 미국에서 태어났는데 어머니는 중국계 일본인이고 아버지는 독일계 프랑스인이라고 한다. 그는 국제스포츠 경기를 시청할 때마다 모국인 미국과 그의 뿌리인 네 나라(중국 일본 독일 프랑스)를 동시에 응원하고 있다니 듣기 흐뭇하나 미묘한 감정도 일어난다.

과연 미래의 우리 혼혈 후손들은 어떨지 궁금해지며, 아마도 그들 역시 한국인의 뿌리를 결코 잊지는 않을 것이라고 기대해 본다.

이민의 삶이란 모국에서 누리고 가졌던 모든 것에 대한 자기부정에서 출발해야 했고, 언어와 풍습이 다른 이질 문화 속에서 더 이상 한국에서의 나는 존재할 수 없었다. 그래서 7일간 일하는 컨비니언스에서 일하며 숱한 갈등과 좌절을 겪었지만, 한국인 특유의 근면과 성실로 이제는 경제적 기반도 잡았고, 자식들 교육에 열과 성의를 다하여 주류사회에서 당당하게 살아갈 실력과 능력을 갖추도록 키우기도 했다. 더 나아가 풍요로운 정서를 유지하려고 문학 미술 음악 무용 스포츠 등등에 적극적으로 참여하여 자기 계발에도 힘써왔다. 더 중요한 것은 힘들게 벌었지만 각종 기부문화에도 동참하는 건강한 시민정신을 가진 점이라 하겠다.

모쪼록 무(無)에서 유(有)를 이끌어낸 코리언 캐네디언의 뿌리에 자긍심을 갖는 후손이 된다면 더 바랄 것이 없겠다. 기실 우리가 이 땅에 남기고 가는 것은 정신적 유산이지 결코 물질적인 것은 아닐 터이므로.

숨결이 바람 될 때

첫 눈에 나를 사로잡았다. 살아서의 숨결이 죽음 후에는 한 줄기 바람이 될 뿐이라는 은유로 내 고요한 가슴에 잔 물결을 일으켰던 것이다. 고교 은사이신 H교장님이 지난 14년간 보내주신 130여 편의 독후감 중 가장 인상이 깊기도 하였다. 때마침 한국을 방문 중인 친구에게 급히 카톡을 보내 공항에서 구입해온 이 귀한 책『숨결이 바람 될 때 (When Breath Becomes Air)』를 거듭 두 번 읽었다.

저자 폴 칼라니티(Paul Kalanithi)는 미국에서 태어난 인도인 2세다. 스탠퍼드대학에서 영문학과 생물학을 공부하여 영문학 석사 학위를 받았다. 문학과 철학, 과학과 생물학에 깊은 관심을 가진 그는 이 모든 학문의 교차점에 있는 의학을 케임브리지에서 다시 공부한다. 이어 예일대 의과대학에서 의사의 길로 들어서며 졸업 후 스탠퍼드 대학병원에서 뇌가 하는 역할을 알려고 신경외과 레지던트로 일한다. 그런데 마지막 7년 차 레지던트 과정을 이수하고 있을 때 폐암 말기 진단을 받는다.

그는 겨우 서른여섯 살, 최고의 의사로 뽑혔으며 여러 대학에서 교수를 제안받고 꿈을 이루게 되는 마지막 고지에서 그에게 불어닥친 광풍이다. 장래가 촉망한 의사에서 갑자기 암환자가 되나 투병 중에도 레지던트의 과정을 마치는 투혼을 발휘한다. 죽음을 삶의 일부분으로 여긴 그는 자신이 떠난 후 혼자가 될 동료 의사인 아내 루시를 생각하여 딸 아카디아를 낳으며 삶의 의지만은 버리지 않는다.

이 책은 약 2년간 투병 중에 쓴 회고록이다. 갑자기 그가 떠나 미완성으로 남겨진 뒷부분은 아내 루시가 마무리하여 세상 밖으로 내보냈다. 우리들의 영혼에 깊은 울림으로 남겨질 책을 말이다.

〈나는 아주 건강하게 시작했다〉〈죽음이 올 때까지 멈추지 마라〉로 구성된 이 책은 속도를 내기 힘든 책이다. 간결하나 문학성이 뛰어난 문장이어서 그 의미가 깊어 다음 페이지로 넘어가기가 쉽지 않다. 매 문장마다 삶의 통찰력이 번뜩이며 깊은 철학적인 사고와 현실적 삶에 대한 솔직하고 따뜻한 진실이 담겨 있다. 글을 읽는 도중에 아니, 읽고 난 후에도 아름다운 영혼의 숨결이 나를 사로잡아 먹먹한 감동에서 벗어날 수가 없었다. 책에서 만난 그는 의사, 작가, 철학자, 과학자였다. 특히 수술 능력이 뛰어난 담당의사로 환자들을 친절하게 치료했던 매력적인 의사였다.

그런 그도 의사가 아닌 환자가 되기 전까진 불치병에 걸린 시한부 환자들의 구체적인 고통과 굴절된 욕망을 이해하지 못했다. 그렇지만 결국 시간과 싸우는 위급한 환자를 위해선 무엇이 환자의 삶을 가치 있게 만드는지 파악하게 되며, 가능하다면 그것을 지켜 주려 애쓰되 불가능하다면 평화로운 죽음을 허용해줘야 함도 직접 경험하게 된다. 마지막 생의 늪에서 만난 의사와 환자의 관계에서 필요한 것이 오로지 신뢰뿐이고, 병의 치유가 의학을 넘어선 신의 절대적인 영역임을 깨닫고 기독교인으로 되돌아가 평온을 찾기도 한다. 결코 죽음을 받아들이기 힘든 36살의 젊음은 펜을 잡을 수 없을 때까지 담담하면서도 진솔하게 거부할 수 없는 죽음에 대해 고백한다.

비록 이 책은 삶과 죽음이라는 무거운 주제를 다루고 있지만 결코 어둡지만은 않다. 슬프지만 아름다운 사랑이 있다. 아내와 결혼생활에 위기가 찾아왔지만, 오히려 암이라는 병과 마주하며 그들은 다시 결속하여 서로를 돌봐주면서 사랑으로 똘똘 뭉친다. 오죽하면 불치병을 헤쳐나가는 방법은 서로 깊이 사랑하는 것이라며, 자신의 나약한 모습을 보여주고 서로에게 친절하고 너그럽게 대하며 감사의 마음을 품어야 한다고 말했을까. 무엇보다 독성약물치료를 시작하기 전에 건강한 정자를 채취하여 후에 인공수정으로 아내에게 자식을 남겨줄 결심을 한 그와 이 생각을 적극적으로 지지해준 루시가 보통 사람으로 여겨지지 않는다. 나 같으면 그 상황에서 어떻게 미래를 책임지지 못할 자식을 낳을 수 있나 싶다. 그만큼 아내를 사랑했던 그는 아내와 딸에게 결코 이 세상에서 사라지지 않을 자신의 분신을 남겨 주고 떠났다. 바로 이 책이 그것이다. 육신은 함께 하지 못해도 그의 정신은 언제나 살아서 가족과 함께 할 터이니 말이다.

생명연장 치료를 거부하고, 죽음을 고요히 받아들이고 떠난 의사 폴 칼라니티. 모든 영광을 누릴 삶의 정점에서 떠나야 하는 분노, 허망, 절망을 수용하고 그가 남긴 글은 우리에게 삶의 의미를 찾게 하고, 언젠가 닥칠 죽음을 깊이 생각하게 만든다. 그가 깨달은 삶의 의미는 단연코 인간관계와 도덕적 가치를 벗어나서는 생각할 수 없다는 통찰에 나도 깊이 공감한다. 이 책은 아름다운 생각과 올바른 삶을 찾는 사람들에게 큰 감동을 안겨줄 것이다.

열리며 닫혀버린 창

　　오랜만에 만난 친구가 활짝 웃으며 "안경을 안 쓰니 썼을 때보다 훨씬 예쁘네." 한다. 듣기에 좋아 정말 그런가 싶어 마음이 흡족해졌다. 어느 날 또 다른 친구가 "안경을 벗으니 전혀 너 같지 않아. 안경 쓴 네 모습이 훨씬 보기에 익숙해." 하는 게 아닌가.

　　혼란스러웠다. 기실 내 생애 반세기 동안 안경을 써왔으니 당연한 코멘트라 여기면서도 왠지 안경을 써야 할지, 말아야 할지 마음이 복잡했다. 불현듯 이솝 우화 '당나귀를 팔러 가는 아버지와 아들의 이야기'가 떠올라 웃음이 저절로 나왔다. 남의 말만 듣고 당나귀 등에 아들을 태우고 아버지는 걷다가, 다시 아들은 걸리고 아버지만 당나귀를 타고, 또 다시 아버지와 아들이 함께 당나귀 등을 타고 가다가, 끝내 당나귀를 그들의 등에 짊어지고 장터로 가던, 줏대 없는 아버지와 아들의 이야기 말이다.

　　작년에 백내장 수술을 했다. 4년 전부터 시작한 백내장으로 시간이 갈수록 사물이 뿌옇게 보이며 시력장애가 심해졌다. 워낙 약시인데다 설상가상으로 백내장까지 있게 되어 더 이상 안경으로 내 시력을 조절할 수 없게 된 것이다. 선택의 여지가 없어 백내장 수술 시 근시를 조절하는 인공렌즈를 삽입하게 되었다. 오른쪽 눈을 먼저 수술하고 집으로 돌아오는데 창밖의 불빛마다 빛무리가 큰 원처럼 매달려 번쩍번쩍 강한 빛을 발하였다. 불편하기 짝이 없었다. 대신 여태 안경을 끼고도 읽을 수 없었던 TV 화면 글씨를 읽을 수 있었고, 창밖 먼 거리에 있는 희미하던 집과 숲도 선명하게 보여서 마치 딴 세상 같았다. 단지 아직 수술을 안 한 왼쪽 눈과 인공렌즈로 바꿔 낀 오른쪽 눈의 시력 차이로 초점 맞추기가 힘들었다. 다행히 나 같은 사람들을 위해 다른 쪽 눈의 백내장 수술을 2주 만에 신속하게 해줘 그나마 견딜 수 있었다.

문제는 전과 달리 돋보기 없이는 책을 읽을 수가 없게 된 것이다. 수술 전에는 근시가 아무리 심했어도 가까운 거리는 안경만 벗으면 작은 글씨도 읽을 수 있었는데, 수술 후 그 반대 경우가 된 것이다. 불편하고 난감했다. 전에 잘 보이던 글자를 돋보기를 껴야만 읽을 수 있고, 전에 못 보던 먼 곳은 안경 없이도 볼 수 있게 되었으니, 잘된 일이라 해야 할지 잘못된 일이라 해야 할지…. 신문과 책을 자주 읽는 내겐 마치 재난처럼 느껴지기만 했으니 말이다.

흔히 신체의 창을 눈으로 비유한다. 나도 이 창을 통해 세상을 보고 즐기며 일하며 살아가는데 그 창에 문제가 생긴 셈이다. 백내장 수술 후 검안하니 한쪽 눈에 난시까지 생겨 두 시력 차이로 새로 돋보기를 맞춰야 했다. 50년이나 써온 도수 높은 안경 없이도 돌아다닐 수 있게 된 점은 분명 신기하나, 한편으론 작은 글씨 하나라도 읽으려면 돋보기를 찾아야 하니 마음이 편하지 않다.

이제 보니 각종 서류 글씨는 어찌나 작은지 아예 읽으려는 시도도 할 수 없다. 나이와 함께 온 퇴행성 증세의 하나로 알고 받아들이는 수밖에 없는데 그게 쉬운 일은 아니다. 마치 더 이상 쓸모없는 사람이 된 무력감이 느껴질 때가 더 많으니 말이다. 그래서 삶 속에는 새로 얻은 것이 있으면 반드시 잃는 게 있기 마련임을 일깨운다.

새 창으로 바깥 풍경을 바라본다. 안경 없이도 하늘과 숲이 선명하게 보인다. 불현듯 내 젊은 날에 먼 거리를 볼 수 없었던 것 같이 나 아닌 다른 사람들을 배려하며 도우며 살았던 적이 없었던 점이 떠오른다. 오로지 나, 내 가족, 내 교회, 내 친구들만 챙겼지 싶다. 얼마나 근시안적인 행동이었는지 새삼스럽게 깨닫는다. 어쩌면 그렇게 살았기 때문에 더 늦기 전에라도 새 창으로 바꿔 끼워야 했던 게 아닐지.

이제부터라도 나 아닌 이웃들에게 관심을 갖고 바라보며 도우라고, 또 그들의 처지와 입장을 돌아보며 나 자신만을 보듬지 말라는 충고로 이해하고 싶다면 지나칠까. 그래서 멀리 볼 수 있는 창은 넓게 열리고, 더 이상 나만 보지 말고 이기적이지 말라고 가까운 창은 닫혀 버린 게 아닌가 싶다. 참으로 공평한 처사가 아닌지. 아무튼 젊은 날에 잘못 생각하고 행동한 것들을 고쳐나가라고 새 창은 내게 그리 충고하는 것으로 겸허하게 받아들여야 할 것 같다. 열리며 닫힌 세상, 바로 이것이 백내장 수술 후 내가 깨달은 세상 이치다.

드디어 새 안경을 맞췄다. 수술한 지 일 년이 되니 조금씩 난시가 생기긴 하였으나 마침내 내게 익숙한 안경 낀 내 모습을 되찾았다. 다만 전과 달리 가끔은 안경을 벗고도 세상을 바라보며 즐길 수 있게 되었고, 점차적으로 돋보기 사용도 익숙해 가고 있다. 열린 창에 가득 채운 밝은 빛으로 활기찬 오늘을 맞는다

알프스 산정에서

　작년 크리스마스 연휴를 온 가족이 알프스 산장에서 보냈다. 스페인에 살고 있는 딸네를 생각하여 북미보다는 유럽 쪽을 택한 아들의 배려였다.

　생각해 보니 11년 만이다. 아들, 딸 부부의 결혼 기념으로 몬트리올에 있는 스키 리조트 몽 트랑블랑에서 보낸 것이 엊그제 같은데, 그사이에 세 식구가 더 늘었으니 결코 짧은 세월이 아니다. 무엇보다도 내게는 가족이 함께 시간을 보낸다는 기쁨을 뛰어넘는 설렘이 하나 더 있었는데, 그것은 여행지가 스위스 알프스였기 때문이다.

　알프스(Alps), 어릴 적에 읽은 여류 아동문학가 요한나 슈푸리의 소설 〈알프스 소녀 하이디〉가 떠오른다. 알프스 산기슭에서 할아버지와 단둘이 살며, 친구 피터와 함께 양 떼를 따라다니며 산속을 다람쥐처럼 마음껏 뛰놀던 밝고 활발한 소녀 하이디. 그녀는 잠시 도시로 가서 살았을 때도 몽유병에 걸릴 정도로 알프스를 좋아하고 그리워한다. 하이디의 도시 친구인 휠체어에 의지한 불구 소녀 클라라가 알프스의 맑은 공기를 마시며 아름다운 숲속에서 지내면서 건강을 회복하여 기적처럼 걷게 된다는 부분이 잊혀지지 않는 대목의 하나이다.

그 책으로 인하여 알프스는 무한한 신비와 상상의 세계로 오늘까지 내 안에 남아 있다. 또 다른 '알프스' 이미지는 뮤지컬 〈사운드 오브 뮤직〉에 있다. 오스트리아의 해군 장교 본챕 가족이 침략국인 독일의 압제를 피해서 알프스를 넘어 조국을 탈출한다. 그 후 그 가족에 관해선 전혀 알 수 없었는데, 그들이 후에 미국에 이민 와서 뉴 햄프셔의 스토우(Stow)란 작은 마을 산중턱에 알프스 산장의 닮은꼴인 예쁜 산장을 짓고 살았다는 것이다. 그곳을 우연히 방문했던 기억으로 알프스는 내게 무한한 자유와 평화의 상징으로 남겨져 있다. 해서 생애 꼭 한번 가고 싶은 곳이 알프스였으니 가슴 뛸 만도 하지 않겠는가.

방대한 알프스 산맥은 슬로베니아에서 시작하여 오스트리아, 독일, 이탈리아, 스위스, 프랑스 등과 지중해 해안까지 장장 1,200km에 이르는 대산맥으로서 넓이가 약 85,000평방 마일의 초승달 모양을 하고 있다. 산맥에서 가장 높은 산이 몽블랑산(4,810m)이다. 우리는 스위스 제네바 공항에 도착하여 다시 1시간 반 동안 미니밴을 타고 스위스 국경을 지나 프랑스령 메지브(Megeve)란 스키 리조트 마을에 도착했다.

사방이 산으로 둘러싸인 작은 마을에 도착하기까지 위험해 보이는 산길을 수없이 돌고 돌았다. 그곳은 말로만 들어온 알프스의 최고봉인 몽블랑을 바로 눈앞에 두고 있었다. 알프스산 중턱까지 드문드문 작은 그림 같은 산장들이 자리 잡고 있어 보통 산 밑에만 옹기종기 모여 마을을 이룬 한국적인 정경에 익숙한 내게는 참으로 이색적인 풍경이었다. 다만 그 해는 이곳도 유난히 따뜻한 겨울이라 스키장마다 인조눈이 쌓여 있어 아쉬움을 자아냈다.

잠시 눈을 감고 알프스의 설경을 상상해 보았다. 사방이 큰 하얀 이불로 뒤덮인 곳에 한 점을 찍고 서있는 나를…, 그러니 숨이 막힐 것 같은 황홀경에 빠져들며 설국이란 바로 이런 풍경을 말함이지 싶었다.

능선이 완만한 스키장을 따라 몽블랑 가까이 다가가는 하이킹에 나섰다. 그 끝자리엔 경사가 날카롭게 치솟아 접근할 수가 없었다. 대자연의 차고 맑은 정기가 내 안 깊숙이 파고들며 막혔던 가슴이 터지듯 평화가 몰려왔다. 보이는 사방팔방이 우람한 계곡이고, 안개에 뒤덮인 호수가 먼발치에 보이고, 자유로이 떠도는 뭉게구름이 풍경화를 그리고, 큰 산봉우리들은 이 모든 것을 자식을 품에 안듯 넉넉하게 둘러싸 안고 있다.

아득히 내려다보이는 여러 갈래의 스키장과 마치 구름 위에 떠 있는 것 같은 마을들이 마치 동양화 속에서나 만남 직한 빼어난 파노라마다. 그 큰 그림 속을 빨강 파랑 노랑 주황의 강렬한 색깔의 스키복을 입은 아이로부터 노인에 이르기까지 수많은 사람이 한데 엉겨 붓으로 찍은 점처럼 산 이쪽에서 저쪽으로 사방으로 난 스키장을 자유롭게 오르내리고 있었다.

나는 서서히 충만감에 빠져들며 대자연의 너그러운 포옹에 스스로 안기고 말았다. 마치 딴 세상에 온 듯 내가 인간인 것조차 잊고 그저 자연과 하나가 되어 숨을 쉬었다. 메지브 시내에서 세 번의 곤돌라를 타고 산 중턱 스키장까지 오르면 이렇게 매일 새로운 딴 세상을 만났던 것이다.

산 중턱에 앉아 아득하게 보이는 저세상으로 내려가서 어떻게 살아야 할까를 생각했다. 며칠 동안 산을 통해 받은 정기와 신선한 공기로 인해 온몸과 마음에 쌓인 삶의 무게를 다 내려놓고 새롭게 충전되는 느낌을 받았다. 이제는 단순해진 만큼 삶의 우선순위를 쉽게 정할 수 있을 것 같았다. 자연의 장엄함과 마주하며 자신의 존재감을 확인할 수 있었으니 말이다. 나를 이토록 하늘에 떠 있는 구름처럼 가볍게 만들어 준 것은 순전히 알프스의 선물이다.

돌아오는 비행기가 연착하여 잠시 고생했으나, 그것도 잊을 수 있을 만큼 생애 최고의 여행이라 여겨진다.

어떤 골프 토너먼트

벌써 금년에 세 번째 골프대회가 열린다. 처음 시작할 때만 해도 이 큰 행사를 지속적으로 치를 수 있을지 장담할 수 없었다. 그 염려가 기우였음을 작년에 열린 2회 행사를 성황리에 마침으로써 알게 되었다.

모리스는 내 딸의 동갑내기 사촌이다. 그 둘은 어려서부터 서로 흉허물이 없는 친밀한 사이다. 그런데 그가 한창 생기와 매력이 넘치는 나이 서른다섯 살에 갑작스러운 사고로 세상을 떠났다. 그의 죽음은 모든 집안 가족과 친지들에게 가늠할 수 없는 큰 충격을 남겼다.

그는 성격이 좋은 멋쟁이 청년이었다. 가족 모임에서 만나면 환한 웃음과 활기찬 대화로 주위 분위기를 띄우고, 항상 개성 있는 옷과 헤어스타일을 하고 다녔다. 짧은 앞머리를 향긋한 헤어 젤로 빳빳하게 세워 소나무 숲의 청정하고 늠름한 모습을 연상시켰다. 무엇보다도 친구들과 잘 어울릴 수 있는 온화하고 사교적인 성품을 갖고 있어 주위에서 인기가 높았다. 다양한 스포츠를 즐긴 그였지만 그중에서도 소속팀을 빛내는 뛰어난 아이스하키 선수로 인정받고 있었다.

그의 갑작스러운 죽음은 그를 사랑하고 아끼던 온 가족과 친지들을 슬픔의 도가니에 빠졌다. 특히 그의 엄마는 삶의 의욕을 잃고 식음을 전폐했다. 건강상 반드시 복용해야 할 치료약조차도 포기하고 말았다. 세상 무엇과도 바꿀 수 없는 아까운 아들을 먼저 앞세운 죄인이라는 심한 자책감에 빠졌던 것이다. 눈만 감으면 떠오르는 아들, 어디를 가도 무엇을 하든 아들과의 추억이 떠올라 심한 불면증에 시달렸다.

그가 떠난 지 6개월쯤 되었을 때, 친구를 잃은 충격에서 서서히 벗어나기 시작한 가까운 친구 그룹이 뭔가 일을 시작하였다. 생전에 모리스가 홀인원(Hole in One)을 한 골프장에 그의 이름으로 의자를 기증하고, 매년 그를 추모하는 골프 토너먼트(Memorial Golf Tournament for Maurice Ham)를 만들었던 것이다. 어릴 적부터 학창 생활과 스포츠팀에서 함께 우정을 키웠던 그들의 관계는 남달랐다. 평소 그의 따뜻한 배려와 넉넉한 마음을 잊을 수 없는 친구들의 아름다운 우정의 결실이었다. 그리고 행사 경비를 뺀 이익금은 운동선수였던 그를 추모하여 매년 스포츠 단체(London Sports Council에 속한 Kid's Sport)에 기증하고, 그의 모교에도 장학금을 지급하기로 결정했다.

그의 생일 달인 7월 첫 주 토요일에 1회 골프대회가 열렸다. 봉사자까지 160명이 참석하였다. 친구들은 몇 개월 전부터 상품과 식사와 간식, 기념품을 철저하게 준비했기에 대성공이었다. 무엇보다도 당일의 5,000불 수익금으로 운동에 재능은 있으나 경제적으로 힘든 어린이 22명을 후원할 수 있었다. 작년에 있었던 2회에서는 6,000불을 기증하기에 이르렀고, 3회가 열리는 금년은 7월 6일로 이미 날짜가 잡혀 있다.

그는 훌쩍 이승을 떠났지만 이 골프 토너먼트로 인해 우리 가슴에 영원히 살아 남게 되었다. 우리 가슴에 그가 남아 있는 한 그는 정녕 떠난 것은 아니니까. 작년에 형님 부부는 런던시의 한 행사(Sports Hall of Fame Celebrating 10 Years)에서 각종 스포츠에 공을 세운 런던 지역 선수들에게 주어지는 영광의 명예상을 아들 대신 받았다. 그는 떠나면서까지 부모님께 값진 마지막 선물을 남기고 간 것이다. 우리의 아픈 상처는 그래서 더욱 아려왔지만 말이다.

톨스토이의 〈인간은 무엇에 의해 살아가는가〉라는 단편이 있다. 그는 작품을 통해 모든 인간은 자기 마음대로 살아가는 것 같지만, 사실은 사랑의 힘에 의해 살아간다고 말한다. 그렇다. 드디어 그의 부모도 아들 친구들의 우정에 힘입어 자식을 잃은 절망으로부터 생기를 되찾아가고 있다. 과연 사랑은 절망의 늪에서도 빠져나오게 만드는 묘약이다.

나만의 작은 공간

　시골집을 팔고 토론토 도시 한 복판의 콘도로 이사를 온 지 벌써 5년이 된다. 한적한 생활에 익숙해 있던 내가 갑자기 분주하고 복잡한 도시 생활에 적응하기란 쉽지 않았다. 문만 열고 나서면 땅을 딛고 나갈 수 있는 공간이 넘쳐나던 시골집에 비해 엘리베이터와 지하 주차장을 통해서만이 바깥세상으로 이어지는 콘도는 참으로 불편하고 답답하기만 했다. 새 보금자리에서 유일하게 내 마음을 편안하게 한 건 아마도 창문이 많아서일 게다. 큰 유리창을 통해 바라보는 세상이 어찌 그리 아름다운 풍경인지, 내 일상은 이 창을 통해 하루를 맞이하고 닫는 즐거움에 차 있다 해도 무리가 아닐 것이다.

　7층에 자리 잡은 내 집은 평면 거리에서 하늘과 땅을 충분히 바라볼 수 있다. 결코 멀지도 가깝게도 느껴지지 않는 적정거리로, 창밖으로 보이는 경치는 내 답답한 속을 시원하게 풀어준다. 푸른 하늘엔 하얀 뭉게구름이 걸려있고 이름을 알 수 없는 작은 흰 새 떼가 공중을 오르내리며 노닐고, 그 아래 우거진 숲과 각양의 집이 군데군데 모습을 드러낸다. 집 동네 사잇길로 작은 차들이 분주히 오가고, 때론 오수를 깨우듯 소리를 내며 화물기차와 Go Train이 지나간다. 어떤 이는 기차 소리가 시끄럽다고 하지만 내겐 유년 시절의 정감을 솟아나게 만드는 매체의 하나다. 아득하게 보이는 큰 도로엔 자동차가 줄지어 개미처럼 오르락내리락하고 있다. 무엇이 그리 바쁜지 한가할 때가 없어 보인다. 어둠이 깔린 하늘 위에서는 별처럼 반짝이는 비행기의 불빛이 곧장 내 집을 향해 오다가 갑자기 동서로 방향을 바꾸며 날아간다.

무료할 때마다 창 아래쪽을 내려다보면 각종 소나무로 둘러싸인 사잇길로 가벼운 산책길에 나선 이웃들이 한가로이 애완견과 걷는 모습이 마냥 평화스럽다.

나는 삼면이 유리창인 덴(Den)에 앉아 차 한잔 마시며 계절의 매력에 흠뻑 취하곤 한다. 한 폭의 멋진 파노라마, 봄은 봄이라 좋고 겨울은 겨울이라서 좋다. Winter Wonderland가 펼쳐지는 눈 내리는 밤은 혼자 보기 아까운 풍경이다. 온 세상이 단 순간에 백색으로 덮여가는 모습은 경이롭다. 거리에선 교통 혼잡으로 난리지만 나는 맥없이 창밖 풍경에 매료되어 시간의 흐름이 정지된다. 때론 진눈깨비로 변해 온 세상을 더럽히며 위험에 빠지게 해도 창 안에 있으니 현실감에서 멀기만 하다.

'봄은 멀지 않으리'란 셸리의 시구보다 먼저 봄기운이 시야로 들어온다. 겨울을 알몸으로 견뎌낸 나뭇가지 끝에서 푸른 봉오리가 머리를 살며시 내밀고, 얼어붙었던 대지 위에서 물기가 솟아나는가 하면, 옷깃을 여미게 만드는 매서운 바람이 심술을 부릴 때면 봄은 이미 내 안에 들어와 있다.

동편에서 해가 떠오를 때마다 겨우내 열어놓았던 커튼을 잠시 닫아야 하는 여름이 오면 바깥세상에서는 시끄러운 웅성거림이 들려온다. 녹음이 짙어가며 온 누리에서 생을 향한 힘찬 합창으로 번잡해지기 때문이다. 시원하게 퍼붓는 소나기와 창문을 가볍게 두드리는 보슬비 소리는 유년의 꿈과 추억을 만나게 한다. 쌀쌀한 가을바람에 뒹굴러 다니는 단풍잎은 나이를 인식하게 만드는 세월의 나침반. 한 해의 마무리를 제대로 하라는 지시인양 숙연케 만들기도 한다.

사계절의 변화 따라 내 마음을 들어났다 내려났다 할 수 있는 것은 순전히 유리창 덕분이리라. 무엇보다도 내 창 안의 행복은 이런 창밖 풍경을 통해서 이뤄진다는 사실을 숨기지 못하겠다. 그러니 집안 어느 방에서라도 큰 창문을 마주할 수 있음이 내가 이 콘도를 좋아하게 만드는 요소 중 가장 으뜸일 게다.

살아오면서 은밀한 나만의 공간을 그리워할 때가 많았다. 그 기회를 이제 찾은 셈이다. 이사하기 전 이 덴(Den)을 어떻게 사용할지 오래 생각하고 결정했다. 어떤 이는 침실로, 온실로, 저장실로, 도서실로 꾸몄는데 나는 다목적 문화공간으로 사용하고 싶었다. 그래서 오랫동안 수집한 기념품, CD, DVD, 책, 꽃 화분을 적당히 배열하고, 소파와 침대를 겸해 쓸 수 있는 플루톤(Fluton)을 놓았다.

이곳에서 창밖을 바라보며 답답증을 풀 수 있게 되었고, 독서도 하고, 커피도 마시고, 한없이 바깥 풍경에 취해 생각에 빠져있기도 하고, 지인들과 대화도 나눈다. 이런 나만의 공간이 생긴 게 얼마나 다행인지 모른다. 가끔 우리를 방문한 손주들이 하룻밤 잠을 자다 가는 장소로도 인기 최고다.

누구나 숨통이 트일 곳을 필요로 한다. 그래서 갑자기 시작한 도시 생활 속에서 나만이 누릴 수 있는 이 작은 행복을 소중히 간직하려고 한다. 몸이 아플 때나 외롭고 고달플 때 찾는 음식이 소울푸드(Soul Food)라면, 이곳은 나의 답답한 가슴을 시원하게 뚫어주는 소울 플레이스(Soul Place)다. 나만의 작은 공간인 덴, 이곳에서 나는 오늘도 삶의 위로와 소망을 찾아가며 살아간다.

chapter 4

생의 잔치

잘못과 다름

오랜만에 만난 지인이 내게 넌지시 권한다. "G 목사에 대해 인터넷 검색을 해봐요. 재미있을 걸요." 얼핏, 처음 듣는 이름이라 쇼맨십이 강한 설교로 유명한 목사인 줄 알았다.

그런데 내 예상을 한참 벗어나 그는 뽕짝(트로트) 가수 목사라 한다. 어떻게 평신도도 잘 부르지 않는 뽕짝을 목사가 대중 앞에서 부르며 교단에 설 수 있을까? 더군다나 춤까지 추고 빽 댄서와 공연까지 한다니 비신자라도 이해가 되지 않을 일이다. 일단 인터넷에 올라온 그의 노래도 듣고, 목사로서 왜 뽕짝으로 하나님을 찬양하게 되었는지 그 동기도 알아보고, 설교도 여러 편 들어 보았다. 확실히 날라리 목사는 아니다. 매우 낯설긴 하지만 그의 찬양을 접하다 보니 이 글을 써야 할 동기가 생겨났다.

G 목사는 일반 뽕짝 가수와는 다르다. 곡명은 일반에게 널리 알려진 뽕짝 노래지만 가사는 복음적으로 바꿔 하나님을 찬양하고 있다. 왜 목사로서 세상과 구별되지 못한다는 오해와 거룩한 강단을 더럽힌다는 비난을 무릅쓰고 그 일을 하게 되었는지 궁금했다.

그는 감리교신학대학을 거쳐 동 대학원에서 석사과정을 마쳤다. 후에 감리교소속 목사로 안수도 받았다. 전도사 때 청소년 사역을 하면서 찬양 사역자로서의 꿈을 갖고 청소년 록 찬양을 만들어 앨범까지 냈다. 어느 날 청소년들의 열광적인 찬양 예배를 문밖에서 서성이며 흥미롭게 바라보는 장년, 노년층을 목격하면서 비로소 깨닫게 된다. 오늘날 교회 문화가 젊은 세대에 치중하여 어르신들이 소외된 것을 보고, 그들과 비신자들을 위한 사역으로 방향을 전환하기에 이른다. 무엇보다도 노래를 잘하는 자신에게 어울리는 사역이 바로 찬양이라는 확신을 갖고 있었기에 가능했다.

그는 오늘날 크리스천들이 교회 울타리 안에만 있지 말고 울타리 밖의 험난한 세상살이(고통받고, 병들고, 위로가 필요한)에 지친 세상 속으로 들어가야 한다고 생각했다. 교회 봉사 대부분이 자족적인 교회 안 사역에만 있기에 자신은 교회 밖의 사역을 만들어 예수그리스도와 사람 사이에 이음새가 되는 목회를 하겠다는 꿈을 실현하게 되었다고 밝힌다.

나는 어려서부터 보수 장로교회에서 신앙생활을 해왔다. 그래서인지 45년째 서양 문화 속에 살면서도 아직도 예배만큼은 보수적 정서를 선호하고 있다. 나름대로 목사에 대한 선입견도 철저하다. 목사는 설교도 잘하고 인품도 뛰어나야 하며, 모든 교우가 존경할 만한 언행으로 모범적인 삶을 살아야 한다고 단호하게 주장하는 편이다.

그런 면에서 뽕짝 가수 목사는 큰 실망을 준다. 아무리 신앙 안에서 소신이 뚜렷하다고 해도 평신도인 나도 뽕짝을 멀리하고 있는데 어떻게 목사가? 경박하게 느껴질 뿐이다. 그러나 요즘 추세가 클래식보다 가요가 훨씬 대중화된 점을 고려한다면 더 많은 사람에게 복음을 전할 수 있는 기회가 되지 않을까 싶기도 하다. 또한 나의 굳은 편견을 깼던 젊은 날의 갈등이 생각나서 과거의 문화와 가치만을 고집하는 단단한 벽도 한번 허물어 보고 싶어진다.

한때 오랫동안 소속했던 장로교회를 떠나 잠시 다른 교단에 속한 교회에 참석한 적이 있었다. 그 교회 생활 중 나를 가장 낯설게 만든 것은 찬양이었다. 기존 찬송가 대신 복음성가를 주로 불렀고 가끔 율동도 했는데 내가 자라온 예배 정서와는 전혀 맞지 않았기 때문이다. 찬송가를 누구보다도 좋아하고 그것도 조용한 반주로 들을 때 가장 감동받는 나였으니 교인 등록을 앞두고 망설일 수뿐이 없었다. 이 갈등에 대해 상담했는데 그 호남형의 상담자는 내 갈등에 대하여 이렇게 설명을 해줬다. 산 정상으로 올라가는 등산객이 모두 한 코스로만 올라가지 않고 여러 코스를 통해 똑같은 목적지에 도달할 수 있는데, 자기와 다른 코스로 올라왔다고 잘못된 등산이라고 비난할 수 있겠냐는 것이다. 한 마디로 잘못(Wrong doing)과 다름(difference)을 구별하라는 조언이었다.

잘못된 것이 아닌 이상 다름을 받아들이는 훈련이 필요하다는 설득력에 낯선 예배에 익숙해지려 노력했으나 끝내 적응하지 못하고 말았다. 다만 바르게 살아가는 분별력의 잣대로 '잘못과 다름의 구별'이란 명제가 가슴에 깊이 남았을 뿐이다.

뽕짝 가수 목사에 대해서도 열린 마음과 긍정적인 시각으로 바라본다면 이해 못할 일도 아니다. 세상이 폄훼하는 장르인 뽕짝이 경건한 예배와 강단에 전혀 어울리지 않는다는 고정관념에서 벗어난다면 가능하지 싶다. 한때 내게 엄청 낯설었던 복음성가나 흑인교회의 열광적인 찬양과 춤을 곁들인 예배도 지금은 부담 없이 받아들여지듯이 말이다. 오늘도 많은 기독교인으로부터 이해받지 못하고 혐오의 대상이 될 때가 많아도 묵묵히 자신의 길을 가고 있는 그 목사에게 응원은 못해도 돌은 던지지 않으려 한다. 우리 각자에게 주어진 능력과 믿음의 분량대로 삶의 몫이 다르기 때문이라면, 내가 지나친 것일까?

못 나눈 작별 인사

모처럼 겹겹이 쌓인 가을 낙엽을 밟으며 산책길에 나섰다. 문득 자신의 몫을 다하고도 미련 없이 상처투성이 된 몸을 대지에 던져버린 낙엽이 서글픔으로 다가온다.

작년 이맘때쯤 석별의 정을 나누지 못하고 이승을 뜨신 은사님이 오버랩되며 마음 한 자락이 흔들린다. 진즉 전화로 그분의 안부를 확인했어야 했는데 무작정 이멜 답신만 기다리다가 부음을 접했으니 말이다. 더구나 나의 여행 일정과 겹쳐 은사님과 마지막 인사를 나누는 뜻깊은 자리에도 참석하지 못해 지금까지도 후회와 죄의식에서 벗어나질 못하고 있다.

40여 년 전, 여고 동창회에서 Y 선생님을 만났다. 캐나다로 오기 전부터 이미 이곳에 정착하신 선생님의 소식을 듣고 왔기에 반갑기 짝이 없었다. 여중 때부터 알고 지낸 터이니 친정 언니를 만난 양 든든했다. 선배인 동시에 은사인 선생님께는 당연히 나 같은 제자가 토론토에도 많이 있다.

좋은 직장과 안정된 생활권에서 행복한 주부로 살고 계셨으니, 가게를 운영하며 아이들을 힘겹게 키우고 있는 제자들이 늘 안쓰러우셨던 것 같다. 연극 음악 발레 미술 등등… 예술의 향기에 푹 젖어 사시던 선생님의 지식과 배려로 우리 제자들은 가끔 특별한 호사를 누리곤 했었다. 셰익스피어 연극의 마을 Straford, 버날드 쇼의 연극 마을 Niagara on the lake, 호두까기 인형을 보러 Humingbird 센터를 드나들며 일에 떠밀려 살던 우리는 삶의 여유를 맛볼 수 있었다. 토론토에 있는 미술전람회나 음악회는 물론이고 뉴욕까지도 Broadway show를 보러 제자들과 동행하곤 하셨으니 제자 사랑이 특별했던 분이다.

어쩜 우리는 리더인 선생님을 통해 이민 생활의 고충을 짬짬이 참아 낼 수 있었는지도 모른다. 은퇴 후 한국의 권장 도서를 대량 구입하여 선생님 집 리빙룸을 간이 도서관으로 차려 놓고 언제든지 제자들이 좋은 책을 빌려 갈 수 있도록 열어놓으셨다. 그곳은 사제 간의 정을 나누는 멋진 장소였다. 차를 마시며 세상 살아가는 경험을 오순도순 나누는 나루터요, 순수한 단발머리 소녀로 돌아가는 마음의 샘터이고, 꿈을 다독이며 활기를 찾아가는 유일한 탈출구였던 곳이다.

선생님께서는 남편이 먼저 이승을 떠나 홀로 되자 다운타운에 있는 고급 콘도로 옮기셨다. 그간에 하고 싶었던 일을 실컷 즐기며 살겠다고 하셨다. 영화 연극 발레 미술을 마음껏 혼자서 찾아갈 수 있는 장소로는 적격이라고 매우 흡족해하셨다. 거실에는 그간 수집한 영화 비디오 CD LP 등…. 이 셀 수 없을 만큼 많아 때론 책과 함께 그것들을 제자들이 빌려오는 즐거움도 매우 컸었다.

시골에서 오래 살았던 나는 그 은사님과 많은 시간을 보낼 수 없었던 게 늘 아쉬웠기에 토론토로 이사한 후부터는 봄, 가을에 선생님 만나는 일을 설렘으로 시작했다. 마음 통하는 선배 언니와 함께 셋이서 데이트를 시작한 것이다. 때론 선생님께서 유명한 식당으로 우릴 초대하기도 하셨지만, 급기야 한국 음식을 자주 대하지 못하는 선생님을 위해 우리가 간단하게 한국 음식을 만들어갔다. 제자가 만든 집밥에 의미를 두고 싶었다. 아이들 키울 때와 달리 나이 들수록 한국 음식을 선호하게 되는 것은 자연스러운 일이 아닌가. 맛있는 미역국, 비빔밥, 만두를 잡수며 흡족해하셨다.

이번 가을엔 무슨 음식을 갖다 드릴까 생각하며 만날 날짜를 정하기 위해 이멜을 드리고 답신을 기다리는 중에 부음을 접했으니 믿기지 않았다. 암이 생겨 약물치료를 받고는 계셨지만 그리 빨리 6개월 만에 우리 곁을 떠나실 줄이야. 의사 아들이 둘이라도 생명은 역시 재천인가 보다. 그 전 달에 동문 모임에 오셨을 때 건강이 부실해 보여 걱정은 되었지만, 너무 뜻밖이라 가슴이 무너져 내렸다. 우리가 만든 맛있는 음식으로 한 번만이라도 더 대접하지 못한 점이 큰 아쉬움으로 남았다.

어이없게도, 나는 캐나다에서 다시 만난 사랑하는 두 분 은사님께 마지막 인사를 나누지 못하고 말았다. 한 분은 여행 중에 소식을 접했고, 또 한 분은 여행 떠나는 날짜와 겹쳐서 그리되었다. 특별히 사모한 분들이었는데 생각할수록 죄송하고 허망하다. 때론 친정어머니나 친정 언니 같았던 아름다운 인연을 제대로 지켜내지 못한 나 자신에게 실망스럽기도 하다.

Y 선생님께서는 자신의 마지막을 미리 예감하셨는지, 지난봄 만났을 때 아끼는 수집품 중에서 두 가지를 골라 선물로 남겨주셨다. 그런데도 아직껏 돌려드리지 못한 책 네 권까지 소중하게 간직하며 갈등하고 있다. 지금이라도 이 책들을 선생님의 큰며느리에게 반환할까 아니면 선

생님의 마지막 선물이라 생각하고 염치없지만 내가 계속 간직할까. Y 선생님이 생각날 때마다 그 책을 펼쳐보면 조금은 위로받을 듯싶기도 하고, 또 오래도록 은사님의 뜻을 가슴에 품을 수 있을 것 같아서다. 못다 한 아름다운 사제간의 정이 이 시간 절절히 그립다.

보물찾기

요즘은 독서와 컴퓨터에 매달려 있는 시간을 의식적으로 줄이고 있다. 백내장으로 시력이 약화되어 금세 눈이 피곤해지고 머리가 아파오기 때문이다. 그럴 때면 신록이 우거진 창밖 경치를 바라보거나 감미로운 음악을 듣고, 관심을 끌었던 음식을 만들어 본다. 때로는 숲을 산책하며 호숫가에 나가 지평선을 바라보며, 지친 눈과 혼탁해진 마음에 휴식을 준다.

이렇듯 몸과 마음의 균형을 맞추면 얼마 지나지 않아 정신이 맑아오고 기분이 상쾌해지며 행복감에 젖어 든다. 이토록 소소한 일에도 쉽게 행복을 느낄 수 있다니 참으로 신기할 정도다.

힌두교에서 전해지는 이야기다. 신들은 지구를 창조하면서 인간에게 행복을 찾아내는 모험을 시키고 싶어서 지구상 어딘가에 행복을 숨겨두자고 모의했다. 그럼 그것을 어디에 숨겨 놓을지 논쟁이 벌어져 "산 정상에 숨기자. 그러면 못 찾을 거다." 또 다른 신은 "바닷속 가장 깊은 곳에 숨기자." 의견이 분분했다. 결국 '행복은 한 사람 한 사람의 마음속에 깊이 숨기면 아마도 쉽게 찾을 수 없을 것'이라고 결정지었다.

신들이 생각하기에 어리석은 인간들은 분명히 먼 데서 찾고자 할 것이라고. 그래서 행복은 이루는 것이 아니라 마음으로 깨닫는 것. 이미 우리 마음속에 숨어있는 보물을 스스로 찾는 일, 바로 이것이 행복의 길이라는 메시지다. 오늘날 현대인들이 행복의 가치를 오로지 외적 요소인 물질, 성공, 권력에 둔다는 것과는 대조적인 일이 아닌가.

내 주위에는 곁에 있는 사람을 행복하게 만드는 지인들이 여럿 있다. S 씨는 운전을 좋아해서 잠이 안 오는 밤이나 심심한 낮이면 아무 곳이나 슬며시 다녀오는 습관이 있다. 때로는 온타리오 작은 시골 마을을 벗어나 퀘벡이나 뉴욕까지도 바람처럼 갔다가 돌아온다. 그만큼 떠나는 준비가 복잡하지 않다는 의미도 된다. 언제든지 생각날 때마다 간편하게 나서며, 구태여 비싼 호텔 방도 필요치 않아 자동차 안에서 새우잠을 자기 일쑤다. 그래도 최고의 즐거움과 행복감에 빠져있다. 일상의 행복에 푹 젖어 살아가는 그는 푸른 잔디 깔린 공원에서 책을 읽는 여유로움, 커피 한 잔을 마시는 달콤함, 말 없는 바다와 마주하는 정겨움, 한적한 시골길을 운전하는 호젓함, 차창에 떨어지는 빗방울 소리의 아늑함 등등 행복으로 채워주는 소박한 요소들을 진정 좋아하고 맘껏 즐긴다.

한데, 옆에서 그의 말을 듣는 우리까지도 덩달아 행복해지는 이유는 무엇일까. 놀랍게도 행복 바이러스는 농도가 다를지라도, 한 사람이 세 사람에게 감염시킬 능력이 있다고 들었다. 내가 행복하면 내 옆 사람도 행복해지고, 내 옆 사람이 행복하면 그 옆의 옆 사람까지도 행복해질 수 있다는 얘기다. 그러니 우리는 서로 간에 행복의 빛을 지고 살아가는 밀접한 관계라는 놀라운 사실을 알게 된다. 가능하면 행복한 사람과 가까이 지내야 할 이유와 내가 행복해야 할 명분도 바로 여기에 있지 싶다.

젊은 날의 나는 행복을 찾아 나설 때마다 깊은 수렁에 빠졌었다. 무조건 하고 싶은 일과 누리고 싶은 것을 움켜쥐려고만 했으니, 이민 삶의 현실이 따라주지 않았다.

이제 60대 후반에 들어서니 세상을 보는 눈이 예전과 달라져 비로소 철이 든 것 같다. 행복의 조건을 더는 외적 요소와 거창한 것에서 찾지 않게 되었으니 말이다. 오늘도 건강한 하루를 누리는 감사, 창밖에 펼쳐진 우거진 숲과 뭉게구름을 품은 가을하늘을 감상할 수 있는 기쁨, 활기찬 창밖 세상을 미소로 바라볼 수 있는 여유, 언제든지 친지들과 마주할 수 있는 즐거움, 귀여운 손주들을 떠올리며 얻는 충만감… 등등, 바로 내가 살아 있음을 느끼게 만드는 것들을 이런 사소한 일상에서 얻어지고 있다.

또한 행복은 목적이 아닌 지금 이 시간을 살아가는 과정에 있다는 깨우침에 있다. 기실 우리는 불확실한 내일이란 명목 아래 적절한 때를 놓치며 살아가는 일이 비일비재하지 않은가. 요즘 들어 내 소중한 일과의 하나는 어제도 내일도 아닌 오늘을 위해 내 안 어딘가에 숨겨진 일상의 보물을 찾아내는 일이다.

내민 꼬마의 손

카톡에 뜬 친구의 외손자 사진은 추운 날씨로 얼어붙은 내 마음을 솜사탕처럼 녹인다. 장래 '장군감'이라는 애칭을 증명하듯 건강한 체구에 어른처럼 검정 중절모를 쓰고 검은 선글라스까지 끼고 한껏 멋을 부렸다. 사진으로만 봐도 사랑스러워 미소가 저절로 나오는 다섯 살배기 노른(Nolan)이, 집 근처에 있는 알츠하이머 환자들이 있는 요양원에 벌써 2년째 봉사를 가는 모습이다. 아직 어린아이인데 요양원에서 과연 무슨 봉사를, 어떻게 한다는 것인지 믿기지 않지만, 그 양로원에서 가장 어린 봉사자로 인기를 누리고 있다니 궁금하지 않은가.

한창 엄마한테 떼나 부릴 세 살에 봉사를 시작한 이 꼬마는 아기 때부터 노인들에 대한 호감이 남달랐다. 자신의 친가, 외가의 할머니 할아버지의 말을 귀담아듣고 그대로 따라 하며 특별한 관심을 보였다. 그 반응은 비단 가족뿐만이 아니라 외부에서 만나는 노인들에게도 친근감을 보이며 다가왔다.

그애가 두 살 때, 나를 '함 할머니'란 호칭으로 갑작스럽게 방문하여 잠시 놀다 갔는데 아직도 나를 잊지 않고 가끔 찾는다니 놀라울 뿐이다. 멀리 사는 내 손주들만큼이나 사랑스럽고 귀엽다. 보통 그 나이 또래에는 낯선 노인을 보면 무서워 소리 내어 울거나 낯을 가려 제 엄마 뒤로 숨는 게 예사인데, 그애는 달랐다.

노른이 양로원 봉사를 시작하게 된 동기는 엄마의 특별한 결단과 세심한 배려에 있었다. 그의 엄마는 암 투병을 하며 어렵게 건강을 되찾았고, 8년 동안이나 인공수정 노력 끝에 40세가 넘어 건강한 그를 낳았다. 기적의 선물이었다. 그 힘든 과정을 거치며 깨달은 넘치는 감사와 사랑의 기쁨을 다른 사람들과 나누기 위해 이 아이와 함께 사회봉사를 하리라 마음을 먹었다고 한다. 무엇보다도 노인과 특별한 유대 관계를 잘 맺는 아들의 관심과 온화한 성품을 파악할 수 있었기 때문이다. 그들은 엄마와 아들이 함께 양로원 봉사자로서 결격사유가 없는지 몇 가지 심사와 검증을 거쳐 정식 봉사자가 되어 매주에 한번 양로원 방문을 시작한 지 2년이 넘었다.

꼬마 노른이 양로원을 방문하여 헝클어진 머리로 꾸뻑꾸뻑 졸고 있는 노인에게 천천히 다가가 "Hi" 하며 작고 따사한 손을 핏기 없는 노인의 손에 갖다대면 깜짝 놀라서 바라본다. 순간 게슴츠레하던 노인의 눈이 반짝 떠지고 입가로 미소가 번지며 생기가 돌기 시작한다. 마치 잠자던 영혼이 정신이 번쩍 들어 기지개를 펴듯이 주위가 갑자기 생동감이 넘치는 것이다. 그렇게 여러 명의 노인을 갈 때마다 친구로 사귀기 시작한다. 그의 봉사는 노인들과 함께 비치볼을 주고받거나, 퍼즐도 하고, 노래도 듣고, 그림도 그리고, 장난감 볼링도 하고, 친절하게 식당까지 안내해 주는 일이다.

상상해 보라. 작은 꼬마가 그 도톰한 작은 손으로 마르고 주름진 손을 붙잡고 같이 놀이하고, 서로 의지하여 걸어가는 다정한 모습을, 얼마나 아름답고 눈물겨운 모습인가. 그의 존재 자체가 노인들에겐 사랑의 샘물이고, 밝은 빛인 것이다. 마치 자신의 손자나 어린 시절의 아들을 대하듯 외로운 노인들의 가슴이 사랑으로 충만해지는 일이리라.

은퇴하면서 나도 이 사회에 봉사활동을 하리라고 결심했다. 여러 곳을 두리번거렸다. 번번이 내 능력 부족으로 자신이 없는 데다가, 시작하면 지속적으로 봉사해야 한다는 압박감 때문에 아직껏 뜻을 이루지 못했다. 그 부채감을 벗어나기 위한 일시적인 물질 봉사(기부금)만 해왔기에 봉사 현장에 직접 뛰어든 이 꼬마는 내게 뜨거운 감동인 동시에 부끄럼을 안겨준다.

봉사만큼 보람과 자긍심을 길러주는 정신적 보상이 어디 있겠는가. 또한 다른 봉사자들과 어울려 사회활동을 유지하면서 봉사자 자신의 삶을 윤택하게 유지시켜 주는 것도 사실이다. 기실 사람과 사람 사이를 따뜻하게 만들며 건강한 시민정신을 갖게 해 주는 봉사활동이야말로 지상의 천사 활동이라 해도 과언이 아니지 싶다.

요즘은 사회봉사도 전문성을 띠고 있다. 자신만의 재능을 이익이나 자기 계발에만 사용치 않고 사회에 기여하는 방식의 재능기부를 말함이다. 효율적인 재능기부를 위해 슈바이처 프로젝트 (의료 보건 건강관련 분야), 오드리 헵번 프로젝트(문화 예술관련 분야), 마더 테레사 프로젝트(저소득층 및 사회복지 분야), 키다리 아저씨 프로젝트(멘토링 상담교육 분야), 헤라클래스 프로젝트(체육 기능 기술관련 분야)로 나뉘져 있어 봉사자의 재능을 평가하여 이런 봉사에 참여할 수 있게 만드는 합리적인 제도다. 이제부터라도 내가 자신을 가질 수 있는 분야를 찾는 것이 우선일 것 같다.

오랜 세월 마음만 먹었지 한 번도 제대로 사회봉사를 실천해 보지
못한 내게 새해 벽두에 꼬마 자원봉사자 노른이가 던져준 화두다.
"남을 돕는 일이 바로 너 자신을 돕는 일이다."

생의 잔치

　얼마 전 동갑내기 친구를 잃었다. 그녀는 간암 말기로 투병 생활을 시작한 지 1년 6개월 만에 갑자기 우리 곁을 떠났다. 비록 시한부 삶이긴 했지만 그리 빨리 가버릴 줄 몰랐기에 아직도 가슴 한편에서 싸한 바람이 인다. 떠나기 한 달 전쯤에도 그녀는 전혀 환자 같지 않았다. 넉넉한 미소와 우아한 모습으로 일상의 정담을 나눴기에 더욱 믿기지 않는다. 아직도 살아서보다 더 자주 마음에 밟히고 있는 그녀. 아마도 만날 기회가 또 있을 줄 알고, 마지막 작별 인사를 안 나눈 것이 못내 아쉬움으로 남아서 그런가 보다.

　미치 앨봄의 『모리와 함께 한 화요일(Tuesdays with Morrie)』에서 '살아서의 장례식(living funeral)'을 만났다. 모리 교수는 매사추세츠의 브랜다이스 대학의 심리학 교수였다. 그는 희귀병인 루게릭병에 걸려 시한부 생을 살아간다. 그가 애제자 미치 앨봄을 다시 만나며 생애 마지막 프로젝트를 시작한다. 바로 모리 교수가 경험한 인생의 의미를 강의한 것이다. 학생은 미치 앨봄, 단 한 사람. 그러나 미치는 스승이 세상을 떠난 후, 그 강의 내용을 책으로 펴내 전 세계인의 심금을 울리는 책으로 남긴다.

모리 교수는 자신의 장례식을 정작 주인공인 자신이 볼 수 없기에, 아직 건강을 유지하고 있을 때 인생길에서 만난 소중했던 사람들과 의미 깊은 마지막 작별을 하고 싶어 한다. 그래서 '살아서의 장례식'을 연다. 사랑하는 가족과 친지들에 둘러싸여 자신에 관한 시(詩)도 듣고, 재미있는 추억 보따리도 풀어 놓으며, 웃고 우는 감격의 시간을 즐긴다. 정작 그가 떠났을 때는 가족끼리만의 조용한 장례를 치른다.

우리 어느 누구도 자신의 떠나는 시점을 짐작할 수 없다. 그러나 시한부 생을 사는 사람은 자신의 건강 상태로 어렴풋이 예감할 수는 있나 보다. 토론토에서 내과 전문의로 유명했던 고 이재락 박사도 별세하기 5개월 전에 '생의 잔치(Celebration of Life)'를 열었다. 어쩜 의사이기에 대강 자신의 떠날 시점을 가늠하지 않았나 싶다.

그날 거의 300여 명이 넘는 지인이 초대받았다. 유머 감각이 뛰어났던 그는 참석하는 여성들에게 절대로 칙칙한 검정색 옷을 입지 말고 꽃무늬 있는 화려한 옷을 입으라고 요청했다. 말 그대로 '생의 잔치'라는 의미였다. 아름다운 작별은 지인들과 정담을 나누며 공식적인 이별 잔치로 이뤄졌다. 그날의 분위기는 엄숙하거나 슬픔에 잠기지 않았고, 마치 여행길을 전송 나온 것 같이 술렁였다. 사회자의 격 있는 재담, 이 박사에 관한 시 낭송, 세 아들이 기억하는 아버지 이야기, 유년 친구의 추억, 고인의 담담한 작별 인사… 등등으로 조용한 잔칫집 분위기였다. 그날의 하이라이트는 큰아들이 기타 연주로 부른 프랭크 시나트라의 노래 〈My Way〉였다. 울고 싶은 심정을 참아내던 우리 가슴을 촉촉히 적셔 주었던 것이다. 〈My Way〉는 죽음을 눈앞에 둔 한 남자가 자신의 인생을 돌아보며, 내 방식대로 아무 후회 없이 충만한 인생을 살았다고 말하는 내용이었으니 말이다. 그대로 주인공의 심정을 대변하고 있었기에 아직도 그 노래의 여운으로 이 박사가 남아있다. 그는 '생의 잔치'를 통해 이 세상에서 맺은 모든 인연에게 마지막으로 멋진 식사를 대접하고 공식적으로 작별을 고한, 진정 사려 깊고 용기 있는 분이었다.

이렇게 친지들과 함께 '생의 잔치'를 열었던 이재락 박사, 꿈을 이루며 살아가는 방법을 제시한 '마지막 강의'의 주인공 랜디 포시 교수, 인생의 진정한 의미를 알려 준 『모리와 함께 한 화요일』의 모리 교수, 모두 시한부 삶을 살았던 보통 사람들이 아니다. 죽음을 긍정적으로 받아들이고 함께 살아온 사람들이며, 각자 나름대로 삶의 의미를 진하게 남긴 특별한 사람들이다. "고통 없는 경건한 죽음을 준비하는 것은 하나의 예술이고 많은 지혜가 필요한 일이다"라는 조엘 드 로스네 MIT교수의 말에 공감이 가는 이유가 바로 거기에 있다.

내 친구도 자신의 삶을 깔끔하게 정리하고 떠났다. 더 이상 치료가 불가능하다는 말에 스스로 변호사를 만나 유언장과 장례에 필요한 모든 절차를 준비했다. 극심한 고통이 따르는 마지막 단계에서도 일시적으로 생명을 연장시키는 약물과 보조기를 일체 거부한 채 하늘의 뜻에 순응했다. 대신 사랑하는 가족들과 작별 인사를 충분히 나눴다. 며칠 전, 떠난 친구가 생전에 애지중지 아끼며 가꿨던 아름다운 꽃밭과 가지런한 텃밭을 둘러보았다. 방긋이 봉오리를 열은 각종 꽃이 그녀의 미소로 반기며 손까지 흔드는 것 같았다. 집 안팎에는 온통 그녀가 남긴 삶의 열매로 가득 차 있었다. 문득, 일깨웠다. 생(生)의 길이보다 어떻게 충만하게 살았느냐가 더 중요함을. 그제서야 나는 잔잔한 이별을 그곳에 남길 수 있었다.

탁구, 그 재미

백세시대를 사는 우리는 웰빙(well-being)과 웰다잉(well-dying)에 대한 관심이 깊어 가고 있다. 어떻게 하면 건강하여 우아한 행복을 누리며 살 수 있고, 어떻게 살아야만 품위와 아름다움으로 생을 마감할 수 있을까? 어느 모임에서든지 건강을 유지하기 위한 음식과 운동이 화제의 중심이 된 점은 당연한 일이다. 그러나 홍수처럼 넘쳐나는 정보를 어찌 다 믿고 실행할 수 있겠는가.

나는 마음 건강을 신체 건강보다 더 중요하게 생각해 온 지 오래다. 마음이 편치 않으면 몸도 따라 아팠으니 말이다. 소화도 안 되고, 스트레스로 인한 수면장애가 와서 하루 종일 정신이 맑지 못하고, 아무 일도 집중하지 못해 끝내 우울증에 빠져들곤 하였다. 가능하면 좋아하는 일에 집중하고, 신뢰하는 친구들을 만나 대화를 나누며, 긍정적 마인드로 살려는 노력은 당연한 일이 아닐까 싶다.

터널같이 길고 지루한 겨울철을 실내에 갇혀 보내는 일은 고역이다. 답답한 몸과 마음을 풀어줄 적당한 운동을 찾아 나섰다. 때론 산책이나 헬스 센터에 가기도 하지만, 이왕이면 여러 사람이 함께 교제를 나눌 수 있는 지역 커뮤니티센터로 발걸음을 향했다.

'아이, 아야야, 어~, 아유~, 햐이~' 커뮤니티센터로 들어서면 탁구장을 가득 채운 낯익은 의성어가 밖으로 새어 나온다. 그 정다운 소리에 나도 모르게 쌓인 스트레스가 한 방에 날아간다. 마치 이른 새벽 생선시장에나 온 듯 팔팔한 생명감이 느껴온다. 탁구 치는 모습도 사람 얼굴 다르듯 모두 달라 각 사람의 개성이 있어 구경하는 재미도 심심치 않다.

 몇 해 전 탁구를 좋아하는 친구들이 붙인 내 별명은 꽃사슴이다. 사슴처럼 몸과 발을 펄쩍펄쩍 뛰며 공을 받는 내 모습을 빗댄 재미있는 표현이다. 어찌 나쁘이겠는가. 모두에게 별명을 붙일 수 있을 만큼 특징이 있다. 번번이 공을 놓치면서도 폼만 좋은 폼순이, 탁구대에 삐죽 붙어서서 공을 받는 뻐쩡녀, 한 자리에 버티고 서서 절대로 탁구공을 놓치지 않는 탁순이, 자기 게임보다 남의 볼만 찾아주고 있는 오지랖남, 매번 공을 놓친 아쉬움을 소리로 표현하는 애석남… 등등.

 내 똑딱 볼을 군말 없이 받아주는 남편 아닌 다른 사람들과 어울리니 운동의 효과뿐만 아니라 삶을 성찰하는 기회도 만나고 있다. 어떤 이는 양쪽 코너로 힘없이 짧게 보내는 약 올리는 볼을 치는가 하면, 내지르는 볼을 주면서 마치 애완견 훈련시키듯 양쪽으로 번갈아 보내는 이도 있다. 그럴 때 잠시라도 상대방을 얕잡아보거나 내 기분을 상할라치면 금세 실점으로 이어진다. 마치 선입견으로 별 볼 일 없는 사람으로 여겨 잘난 체하다가 제풀에 망신당하는 격이다.

 탁수 칠 때 감정조절은 필수다. 어떤 이는 길게 힘찬 볼을 건넨다. 이럴 땐 탁구대에 가까이 서지 말고 몇 발짝 뒤로 물러서서 멀리 보고 공을 받아야 실수를 줄인다. 마치 가까이 서 있는 나무만 보지 말고, 먼 숲을 바라보듯 삶을 관조해야 하는 것과 같다. 힘찬 볼은 상대적으로 힘을 빼고 받아야지 같은 강도로 되받으면 영락없이 아웃 볼을 치게 된다. 그러나 때론 강한 사람에게는 강하게, 약한 사람에게는 약하게 대하는 관계의 기술이 탁구에서도 필요한 것 같다. 물론 숙련된 이가 아니면 어설프게 따라 할 수 없는 고도의 기술이다.

가장 받기 어려운 볼은 돌려지는(spinning) 볼이다. 분명히 눈 앞에 떨어지는 볼을 보고 되받았는데 엉뚱한 방향으로 볼이 튀어 헛손질하기 일쑤다. 마치 무엇에 홀린 거 같다. 이럴 땐 서두르지 말고 잠시 탁구대에 떨어진 볼이 튀는 방향을 보고 받거나, 아니면 공이 테이블에 떨어지는 순간에 받아야 타이밍이 맞는다. 마치 권모술수에 능한 사람을 대하듯 신중하게 생각하고 행동해야 하는 것과 같다.

어쨌든 어떤 볼이 날아오든 먼저 흥분하여 서두르면 낭패를 본다. 빨리 날아오는 볼을 보고 잠시 숨을 고르며 되받아야 하나, 실력이 떨어질수록 반격하는 속도가 빨라져 실점할 수밖에 없다. 또한 나처럼 몸이 먼저 움직이면 여전히 낭패하기 십상이다. 마치 자기 성질대로 감정대로 다급하게 일을 처리하다 불이익을 당하는 경우와 다를 바 없다.

모든 운동은 자신과의 싸움이다. 모자라는 실력으로 득점만 앞세우는 무모한 공격은 영락없이 실점으로 이어지기 마련이다. 상대방이 허술해 보일 때를 기회로 삼아 그의 실점을 유도하는 것이 상책임을 실수로 배우고 있다. 그러려면 어떤 상대를 만나더라도 흔들리지 않는 기본실력부터 연마하는 것이 우선이지 싶다. 특히 볼이 약할 때는 강하게 받고, 강한 볼은 약하게 되받는 힘의 강약 조절과 몸의 유연함을 훈련해야 할 것 같다.

이즘은 운동도 될뿐더러 일상에 안주하지 않으려는 시도로 시작한 탁구로 잃어버린 열정과 도전을 되찾아간다. 비록 땀에 흠뻑 젖어도 유쾌한 웃음이 넘치는 탁구, 건강한 활기를 샘솟게 만드는 탁구, 겨울이 저만치 물러서 있다.

명품녀

이탈리아 밀라노 광장에서 30분간 자유시간이 주어졌다. 오래 기다렸다는 듯 우리 관광버스 안에 있던 몇 명의 젊은이들이 순식간에 사방으로 흩어졌다.

나는 평소에 쇼핑이 테크닉이라고 생각할 정도로 물건 선택에 자신이 없는 사람이다. 더군다나 명품에 관해선 관심과 지식이 없는 데다 가격마저 감당할 능력이 없으니, 당연히 쇼윈도우 앞에서 어슬렁댔다. 그짧은 시간 동안에 큰 쇼핑백을 들고 당당하게 나타난 여행 동료들이부럽고도 놀라웠다.

그런데 왜 그런지 그때부터 주눅이 들며 나 자신이 자꾸만 작아지고초라해지는 게 아닌가. 이 터무니없는 감정의 실체에 대해 생각해 보았다. 아무래도 명품에 대한 욕구 때문에 심한 열등감에 빠진 게 아니라면달리 설명할 길이 없었다. 여행 내내 이 무시할 수 없는 감정의 늪에서허비적거렸는데, 다행히 친우 명품녀가 떠올라 기분이 업그레이드되기시작했다.

그녀는 나의 40여 년 지기다. 이민 첫날 밤을 우리 집에서 보낸 깊은인연으로 지금까지도 좋은 관계를 유지하고 있다. 지인 중 가장 멋진 여자인 그녀에게 내가 붙인 별명이 명품녀다. 그렇게 부른다고 명품으로만 치장했다는 의미가 아니고, 그녀 자체가 명품녀란 뜻이다. 그녀야말로 어느 모임에서든 금세 눈에 띌 만큼 헤어스타일로부터 화장, 옷, 액세서리, 핸드백, 구두까지 완벽한 스타일의 여인이다. 한때 나도 인터넷에서 만들어진 된장녀로 그녀를 오해한 적이 있었다. 소위 된장녀란 자신의 소득이나 수준에 맞지 않게 허영심으로 명품 등 사치를 일삼는 여성을 일컫는 말이고, 능력도 없으면서 남에게 의존하여 자존감을 세우는 여자를 비하한 말이 아니던가.

그녀에 대한 인식을 바로 갖게 된 계기는 타지에서 한 달여를 같이 가까이서 지낼 수 있었기 때문이다. 그녀는 누구보다도 쇼핑을 좋아해서 많은 시간을 할애했지만 결코 명품만을 고집하진 않았다. 다만 어떻게 하면 고급 상품을 저렴한 가격으로 구입할 수 있을지 세밀하게 상품을 체크하며, 새 아이디어를 구상하느라 오랜 시간 공을 들였다. 재봉과 수예를 잘하는 그녀는 필요할 때마다 자신의 체형에 맞게 직접 옷 수선을 할 수 있어 사이즈가 걸림돌이 되지 않고, 평범한 패션도 창의적으로 변형시킬 수 있는 뛰어난 센스마저 갖추고 있는 재주꾼이다.

그녀는 평소에 다양한 색상의 천과 레이스와 실… 등등도 항상 갖추고 있고, 패션에 관한 인터넷 검색이나 잡지에도 일가견이 있어 늘 아이디어가 신선하고 독특하다. 긴 치마를 우아한 치마바지로 바꾸거나, 단조로운 드레스에 멋진 색상의 주머니나 레이스를 붙이며, 화려한 벨트나 스카프와 장신구를 이용하여 자기만의 개성 있는 스타일로 바꾼다. 심지어는 골프 백까지 직접 뜬 레이스로 장식하여 지인들을 놀라게 했다. 세상에 단 하나뿐인 디자인으로 만드는데 큰 비용을 들이지 않으니,

내가 그녀를 명품녀라 불러도 결코 손색이 없는 친구다.

오래전, 모피코트가 여성들에게 유행하던 때가 있었다. 남편이 싫다는 나를 앞세워 동창이 경영하는 밍크가게에서 기어코 한 벌을 사줬다. 그런데 막상 밍크코트를 입을 기회가 없었다. 아니 나 스스로 입지 못했다. 당시 행사장에 가면 밍크코트를 입은 여성들이 줄을 이었는데 나는 그 대열에 끼어들 용기가 나지 않았다. 교회에서도 옷걸이에 걸지 못하고 옆자리에 끼고 예배를 보는 상황이니 마치 옷의 노예가 된 듯, 또 개성 없는 그 모습에 강한 거부감만 일어났다. 지난 30년 동안에 겨우 두서너 번을 입고 아직껏 없애지도 못하는 애물단지로 남은 지 오래다. 그래서 평범한 나는 나답게 살면 되지 구태여 다른 사람 흉내를 내려고 애쓸 필요가 없음을 일깨웠다. 기실 명품이라는 것도 그 가치와 품격을 알아보고 만족감과 자부심으로 마음껏 즐길 줄 아는 사람을 위한 것이 아니겠는가.

그러나 명품이 결코 '명품 인생'을 보장하지 않는다. 아마도 명품 인생이란 자신의 능력과 취향을 살려 꿈을 따라가는 독특한 삶으로, 나아가 이웃에게 감동과 격려와 희망을 안겨주는 삶이 아닐까 싶다. 오늘은 그런 명품 인생이 유난히 내 안을 흔든다.

코레아노와 에니켕

여행의 즐거움이란 새로운 사실을 접하고 감동을 얻는 일에 있다. 아름다운 풍경을 접하고, 인상 깊은 사람을 만나며, 마음 훈훈한 이야기에 가슴이 뛰기 마련이다.

그런 의미에서 이번 나의 쿠바 여행은 만족스럽다. 때마침 같은 호텔에 머문 큰빛교회 시니어팀의 선교활동을 잠시 참관할 수 있는 기회였다. 지난 11년 전부터 쿠바에 선교의 씨를 뿌리고 정성껏 가꾸어 온 Y님의 특별한 배려로 가능했다. 기실 80~90세의 고령에도 불구하고 선교의 열정으로 그곳까지 온 크리스천들과 마주하는 것만으로 이미 뜨거운 감동이 아닌가. 아울러 안이한 내 신앙생활에 도전을 안겨주는 일이기도 했으니 말이다.

선교팀을 따라 맨 처음 방문한 곳이 바로 마탄자스(Matanzas)에서 4km 떨어진 외딴 마을 엘 보우(El Bow)였다. 도저히 사람이 살 수 없을 것 같은 잡초만 무성한 벌판에서 그 시대를 대변하듯 외롭게 서있는 '한인기념비'를 만났다.

여기 엘보로에 1921년 이민으로 온 대부분이 쿠바 유일의 전통 민촌을 이루어 살면서 에니켕 수확에 힘쓰는 한편 고국의 역사와 언어를 가르치는 한국학교를 세우고 교회와 한인회를 설립하여 우리의 전통문화 계몽을 위해 노력했다. 이들 후예들이 이 귀중한 역사적 사실을 기억하고 보존하기 위하여 기념비를 세우게 되었으며….

가슴이 울컥하며 목젖이 뜨거워 왔다. 이곳이 쿠바 한인 선조들의 첫 정착지인 에니켕(henequen) 농장이었다. 지금은 오직 돌같이 딱딱한 몇 그루가 남아 기념비의 수문장인 양 역사의 현장을 지키고 있었다. 잠시 사진을 찍다가 부주의로 그 줄기 끝 뾰족한 부분에 내 왼쪽 다리를 찔렸는데 엄청 아팠다. 금세 피멍이 들 정도로 단단한 줄기를 온종일 뙤약볕에서 잘라야 했을 우리 한인 선조들, 얼마나 심한 중노동이었을지 짐작이 되었다.

어떤 통로로 쿠바에 한인들이 정착했을까. 1905년에 한국인 1천33명이 보다 나은 삶을 찾아 멕시코 유카탄반도에 있는 에니켕농장 노동자로 집단이주를 했다. 그들이 고용계약을 끝났을 때는 이미 한국과 일본이 합병(1910년)되어 돌아갈 나라를 잃고 그 땅에 머무를 수밖에 없게 된다. 1921년에 이르러 그들 중 274명이 멕시코 '에니켕 지옥'으로부터 사탕수수밭을 찾아 쿠바로 정착지를 옮긴다.

바로 이들이 쿠바 한인(코레아노) 1세다. 그러나 당시 쿠바에서도 설탕값 폭락으로 인한 여파로 사탕수수밭 대신 에니켕 농장에서 일할 수밖에 없었다. 우리가 용설란이라 부르는 선인장 에니켕은 '해먹'이나 배의 닻줄을 만드는 천연섬유로 칼로 잘라내기 힘들 만큼 억세고 날카로운 가시가 많아 몸에 상처 내기 십상이라 현지인이 가장 꺼리는 노동에 속했다. 세찬 바닷바람과 열대지방의 이글거리는 태양 빛 밑에서 자라는 대형 선인장의 특성이지 싶다. 그런 악조건에서도 망국의 한과 설움을 달래며 한인 학교와 교회를 세우고 한인회를 조직하여 우리 문화 계승에 힘썼다 하니 놀라울 뿐이다.

조국애를 발휘하여 매일 식구 수 대로 쌀 한 숟가락씩을 따로 모아서 상해임시정부에 독립자금까지 보냈다니 이 얼마나 눈물겨운 애국심이 아닌가. 나도 이민 1세인지라 문화와 언어가 다른 낯선 땅에서 그들이 겪었을 외로움과 고달픔이 진한 아픔으로 전해온다. 더군다나 노예 같은 밑바닥 삶에 인종차별까지 당했다니, 어찌 자유 국가로 이민 온 우리와 비교할 수 있겠는가. 쿠바혁명 이후 사회주의 국가로 변하면서 교육과 의료 부분의 불평등은 사라졌다고 하니 얼마나 다행인가 싶다. 근래에는 전문직을 가진 코레아노들이 있다고 하나, 아직까지도 대를 잇는 가난에서 전혀 헤어나지 못한 실정이라 들었다.

코레아노 후예들이 참석하는 현지 교회들을 방문했을 때다. 비록 우리의 모습을 전혀 찾을 수 없는 그들이지만 서로 얼굴을 비비며 반가운 인사를 나누니 한국인의 따사한 숨결이 느껴졌다. 한글로 자신의 이름을 쓴 코레아노 3세 노인이 기타를 치며 우리말로 '만남'과 '애국가'를 2절까지 불렀을 때, 너나 할 것 없이 모두 얼굴을 적시고 말았다. 모국을 그리는 절절함이 파도처럼 밀려와 가슴을 흔들었던 것이다. 아마 이들이야말로 모국으로부터 철저하게 잊혀진 해외동포들이 아닌가 싶다.

지금이라도 경제 대국을 이룬 오늘의 한국이 서둘러 이들에게 조국 방문의 기회와 풍부한 물자를 지원해 줄 수는 없을까. 아직도 사회주의 국가인 쿠바여서 쉽진 않을 거다. 단지 내 어린 시절 교회 선교사로부터

구호물자를 받았던 것처럼 우리의 도움이 절실하게 필요한 그들에게도 깊은 관심과 온정의 손길이 하루빨리 펼쳐지기를 기대할 뿐이다. 머지 않아 그 동토에도 봄이 오려나 보다. 드디어 미국이 53년 만에 쿠바와 국교 정상화를 발표했으니 말이다.

아직까지도 코레아노와 에니켕이 내 마음속을 휘젓고 다니고 있다. 풍요를 누리면서도 상대적 빈곤을 느껴온 나 자신이 사뭇 부끄럽다.

기다림의 끝

식품점에서 특가로 판매하는 자반고등어를 마주하니 퍼뜩 지난여름이 떠오른다. 퀘벡주가 자랑하는 아름다운 관광지의 하나인 가스페 반도는 한 번쯤 꼭 가보고 싶은 곳이었다. 장거리 운전에 대한 부담으로 엄두가 나지 않았는데 지난 7월 초에 그곳을 다녀올 기회가 생겼다.

순전히 낚시에 조예가 깊은 문우(文友) 남편 C씨의 배려로 시작하여 세 부부가 일단 날짜를 정하고 필요한 물품들을 적어 가며 조목조목 준비를 시작하였다. 특히 남편들은 고등어 낚시에 관심이 있어 각 집마다 바다낚시 도구와 잡은 고등어를 집까지 가져올 아이스박스와 플라스틱 용기까지 철저하게 준비하니 짐은 산더미처럼 늘어나 차 안의 좌석조차 불편할 정도였다. 그래도 자반 고등어를 선물로 받고 행복한 미소를 지을 친지들을 그려보면서 9박 10일 간의 먼 노정은 야무진 꿈으로 활기가 넘쳐흘렀다.

퀘벡 주 세인트 로렌스 만을 끼고 북쪽 해안선을 따라 협곡을 돌 때마다 만나는 빼어난 풍경은 탄성이 절로 나왔다. 숲을 가득 채운 녹색의 활엽수와 소나무 침엽수의 신비한 조화, 수평선이 보이지 않고 깊이를 가늠할 수 없는 옥색의 망망한 바다, 물밀듯이 밀려왔다 흰 거품을 남기고 훌쩍 돌아서는 거센 파도, 바다를 배경으로 우뚝 솟은 교회의 철탑과 방금 페인트를 마친 듯 아담하고 예쁜 마을 정경에 매혹되고도 남았다. 온몸과 마음에 가득 담긴 바다의 강렬한 남빛으로 인해 오가는 내내 평안에 푹 빠져 대화마저 필요 없는 시간이었다. 우리는 가스페 반도의 유명한 관광지인 페르세(Perce)에서 7일간을 머물렀다.

마침 우리가 숙박한 아담한 캐빈에서는 이 고장의 명물인 코끼리 모형을 닮은 페르세 바위(Perce Rock) 전면을 바라볼 수 있는 행운도 잡았다. 바다 위에서 장엄하게 떠오르는 해돋이와 훌쩍 사라지는 해넘이도 충분히 구경할 수 있는 좋은 위치였으나 여독에 지친 우리는 번번이 기회를 놓쳐 아쉬움을 남겼다. 캐빈과 모터홈이 즐비한 샛길을 따라 산책하거나 바다가 정면으로 내려다보이는 동산에 앉아 동심으로 돌아간 우리의 대화는 나날이 깊어만 갔다. 60여 년 살아온 세월을 더듬기도 하고 앞으로 살아갈 날에 대한 번뜩이는 혜안을 서로 나누기도 하였다. 그래서인지 아직도 선명한 색채로 남아 내 영혼이 파도칠 때마다 한 번쯤 돌아보고 싶은 정다운 곳이 되었다.

낚시는 기다림이다. 고등어 떼를 기다리고 배를 띄우기에 안전하고 쾌적한 날씨를 기다려야만 했다. 〈노인과 바다〉의 주인공 산티아고 노인이 대어(大魚)를 낚기 위해 84일간을 기다렸듯이 우리도 5일간을 무료하게 기다렸는데, 무지갯빛 희망 하나만으로 버텨낼 수 있었다. 유독 변화가 심한 금년의 날씨 탓인지 시간은 흘러가는데 고등어는 전혀 얼굴을 내밀지 않아 우리를 초조하게 했다. 여자들은 가벼운 자유와 대화의 즐거움에 만족했지만 남자들은 달랐다. 바다는 연일 그들의 속 타는 심정도 모른 채 안개만 자욱해서 앞이 분별 안 되거나, 강한 바람이 만든 거센 파도로 배를 띄우지도 못하고, 기온이 내려가 고기잡이에 적절치 못한 날들만 계속되었으니 말이다.

그렇게 여러 날의 기다림 끝에 드디어 돌아오기 전날에서야 최적의 날씨를 만났으나, 우리의 철저한 준비가 일을 그르쳤는지 고등어는 도통 물리질 않았다. 그런 중에도 경력 있는 낚시꾼은 알아보는지 간간이 우리의 선장인 C 씨의 낚싯대만 흔들렸고, 여러 번 허탕 끝에 잠시나마 고등어를 낚는 희열을 모두 맛보게 된 것은 행운이 아닐 수 없었다. 딱 한 번, 낚싯대 하나에 네 마리의 고등어가 동시에 걸려들어 이곳에 오기 전 우리를 유혹에 빠지게 했던 말이 거짓이 아님을 증명하기도 했다. 그러나 겨우 두 번의 수확은 야무진 꿈과 기대했던 것에 비해 형편없이 초라했다. 이를 위해 소요한 경비와 시간을 계산하면 무참한 성적이었다. 예상했던 낚시 시즌이 빗나간 결과이니 누구를 탓하랴. 그러고 보니 우리가 삶 속에서 때를 놓치고 뒷북친 일이 어찌 이번 한 번뿐일까 싶다.

여행은 목적 자체보다 누구와 동행하느냐가 더 중요하다. 우리 역시 함께 간 세 부부가 서로를 알아가고, 기다리며 인내를 배우고, 무슨 일이든 함께 헤쳐나갈 수 있는 끈끈한 동지애로 뭉쳤으니, 이것이 이번 여행의 큰 결실이다. 더군다나 보트까지 매달고 자동차 두 대가 안전 운행을 할 수 있었으니 어찌 70대 남편들을 노년이라 치부만 할 수 있으리. 비록 고등어를 향한 일시적 꿈은 사라졌다 해도 그들은 이 여행으로 말미암아 아직도 젊음의 활기와 자신감을 되찾은 듯하다.

〈노인과 바다〉에 남긴 헤밍웨이의 명언으로 마음을 달랜다. "사람을 강하게 만드는 것은 하는 일에 있지 않고 하고자 노력하는 데 있다."

등판번호 8번 Ham

　모처럼 준하이웨이 7로 오타와를 다녀왔다. 늘 온타리오주를 관통하는 하이웨이 401을 이용했었으나 이번은 새로운 경치를 감상하고 싶어서 코스를 바꿨다. 시간은 더 걸릴지 모르나 스쳐가는 작은 마을과 굽은 길을 돌아설 때마다 만나는 작은 호수와 아름드리나무로 가득한 숲을 바라보는 재미가 쏠쏠하다.

　잠시 세상 근심에서 놓여나 평안에 잠겨 좋아하는 CD라도 곁들이면 세상에 부러울 게 없는 사람이 된다. 게다가 손자 하키경기를 보러 아들네로 가는 길이니 어찌 행복하지 않았겠는가.

　그날 첫 경기는 손자 팀보다 실력이 월등하게 뛰어난 팀과의 경기로 무조건 지는 게임이어서 큰 기대를 하지 않고 보았다. 그러나 두 번째 경기는 비슷한 실력의 팀이라고 해서 꼭 우승하길 응원했는데 아쉽게도 지고 말았다. 실망이 컸다. 내 가슴이 이리 무너지는데 손자 팀원들과 그들 부모의 실망스러운 표정을 어찌 못 본 척 할 수 있으랴. 아주 순간적이었지만, 이렇게 스트레스가 쌓이는 경기를 무엇 때문에 비싼 경비와 시간을 들여가며 하는지 의구심도 일어났다. 그와 반대로 우승 시엔 얼마나 감격스러울까를 미루어 짐작해 볼 수도 있었다.

손자의 실망도 커 보였다. 얼마 전 다른 하키 토너먼트에서 한 게임에 세 골을 넣는 해트 트릭(Hat Trick)을 했으니 나름대로 기대가 컸으리라. 또 얼마나 할머니 할아버지에게 자랑스러운 모습을 보여 주고 싶었을까 싶다. 무슨 경기든 욕심이 들어가면 무리수를 쓰게 되어 실수가 생기기 마련이 아닌가. 그러나 정작 손자보다 아들이 더 내 안을 어지럽혔는데 왜냐하면 당시 손자 팀의 헤드 코치가 아들이었기 때문이다.

물론 선수들이 경기한 것이니 단적으로 코치만의 책임은 아니라 할 수 있겠으나, 바로 그 전날 일곱 게임 연속 우승하지 못하던 토론토 Maple Leaf 프로 하키팀 코치가 경질된 점이 상기되었다. 코치의 훈련 능력과 지도력을 결코 무시할 수 없을 테니 말이다. 무엇보다도 모든 스포츠 중에서 하키를 제일 좋아해서 아직도 성인팀에서 경기하며, 일종의 봉사 차원에서 코치를 하는 아들이 얼마나 실망했을까 싶어서다. 누군가 아들과 손자 둘 중에서 누가 더 가슴을 아프게 했냐는 설익은 질문을 해온다면 단연코 아들이었기에 참으로 난감한 경험이었다.

가끔 딸을 힘들게 하는 외손자가 그리 밉더라는 친구의 말도 떠올랐다. 아마도 귀여운 손주가 아무리 사랑스러워도 내가 직접 배 아파 낳은 딸과 아들이 우선인가 보다. 나부터도 아들이 먼저 염려되고 아들은 제 아들을 챙기고 싶었을 테니, 역시 사랑은 내리받이가 아닌가 한다.

아들은 어릴 적부터 하키를 좋아했고 골을 잘 넣는 선수였다. 그런데 학창 시절 때부터 공부만 중요시하고 각종 운동과 예술 활동을 등한시하던 당시의 한국 문화권에 익숙한 나는 팀워크에 미숙할 수밖에 없었다. 팀의 승리보다 내 자식의 득점이 우선이었으니 말이다. 그러한 나도 아들이 속한 하키나 야구 경기를 보러 다니면서부터 인식의 변화가 왔다. 팀 스포츠는 개인기보다 팀워크가 우선되어야 했다. 개인 득점에 집중하다 보면 결정적인 팀의 우승 기회를 놓치는 경우가 허다했기에 팀워크의 중요성을 깨우친 것이다. 팀워크를 배워 훈련한 애들이야말로 서로 협동하여 골을 넣으며 승리할 수 있었다.

이제 나는 아이들이 일찍부터 익혀야 할 정신은 단연코 팀워크 정신이라 생각하여 보이(걸)스카우트나 팀 스포츠에 일원이 되는 것을 적극적으로 추천한다. 또한 프로 게임이 아닌 일반 스포츠 게임에서는 승패보다는 스포츠를 통한 건전한 정신과 즐거움을 만끽할 수 있어야 바람직하다고 생각하게 되었다.

손자 올리버는 마음이 아주 여린 아이였다. 아기 때 눈이 마주치면 벙긋벙긋 웃고, 누가 슬피 울면 저도 덩달아 따라 울고, 노래가 들리면 허밍으로 계속 따라 했다. 무엇보다도 슬픔을 참지 못하곤 했다. 중학생인 지금도 누가 울면 따라 슬퍼하고 어찌 할 바를 모른다. 그런 애가 하키, 축구, 농구 같은 스포츠를 통해 조금씩 강해져 가고 있다. 승자와 패자가 어찌 스포츠에만 있겠는가. 우리의 삶 구석구석에 자리 잡고서 순간마다 실수를 노리고 있지 않은가. 실수하고도 웃을 수 있는 여유와 다시 시작할 수 있는 끈기를 스포츠를 통해 배워가는 중인 올리버. 예전엔 아이스링크 위에서 하키 셔츠 뒷면에 붙은 아들 번호 10번 Ham을 찾아 헤맸으나, 어느새 아이스 링크에서 종횡무진 경기하는 손자의 등판번호 8번 Ham을 대할 때마다 감격스럽기 짝이 없다.

NHL 선수가 조금도 부럽지 않다. 마치 내 생의 중요한 임무 하나를 잘 마친 것 같은 뿌듯한 안도감으로 미소가 저절로 나온다.

8번 Ham 파이팅!

chapter 5

겨울 숲속을 걸으며

불청객

팜나무(Palm tree)가 우거진 가로수 밑을 경쾌하게 걷는다. 시멘트 바닥에 닿는 운동화 소리가 타박타박 가벼운 소리를 내며 기분을 상쾌하게 한다. 혹독한 추위와 폭설로 캐나다의 겨울은 잿빛 속에 잠겨 있는데, 나는 영상 25가 넘는 플로리다에서 짧은 셔츠와 헐렁한 바지를 입고 여행자의 자유를 만끽하고 있으니 남다른 감회가 인다. 솟아나는 평온함 속에 작년 끝자락에서 만난 황당했던 일이 새록새록 모습을 드러낸다.

지난해 봄, 정기검진 후 콩팥에 무엇인가 보인다 하여 6개월 후 재검진했다. 그 결과는 생각지도 않게 또 한 번의 MRI 촬영을 유도했다. 작지만 물혹(cyst)인지 암(cancer)인지 알아보기 위해서였다. 그 촬영을 하기 한 달 전에 고국을 방문했는데 동행자나 친지들이 놀랠 정도로 내 컨디션은 좋았고 건강에 이상증세도 전혀 없었다. 그런데 후속 검진 결과는 전문의를 만나라는 통보였으니 믿기지 않았다. 모든 검사 결과는 과학적인 수치에 의존한 것이니 내 느낌만으로는 알 수 없지 않은가. 서둘러 비뇨기과 전문의를 만났다. 검진 결과를 신중하게 검토한 전문의는 주저하지 않고 말했다.

"It is cancer". 내 귀가 의심스러웠다. 아니 망치로 머리를 얻어맞은 듯 멍했다. 어떻게 조직검사(biopsy)도 해 보지 않고 단정할 수 있는지 이해할 수 없었다. 단 한 번도 상상해 본 적 없는 이런 일이 어떻게 내게 생겼는지 남의 일처럼 실감이 안 났지만, 절차상 조직검사 날짜를 정했다.

그날부터 자유롭고 활기차던 나의 삶은 멈춰버렸다. 말로만 들어온 그 고약한 불청객이 내게도 왔다니 어이가 없었다. 수없이 많은 암 환자들의 삶과 죽음을 넘나드는 체험담을 책으로는 읽어온 터지만 막상 내 일로 다가오니 더는 담담할 수 없었다. 잠을 잘 수가 없었고, 무엇보다도 내게서 말이 사라졌다. 나날이 그 병에 점령당한 패잔병이 되어갔다.

그나마 유일한 위로는 내가 하나님을 바라볼 수 있는 기독교인이라는 거였다. 침체된 신앙의 밑바닥으로부터 꿈틀대는 움직임이 일어나고, 하늘에 이르는 소원의 사다리가 견고하게 놓아졌다. 때와 장소 구별 없이 그곳을 수시로 오르내리며 나는 어쩔 수 없이 삶의 끝자락에서 비틀거리며 허둥댈 수밖에 없었다.

70평 생의 삶을 되돌아보며 스스로 평가하고 정리를 시작했다. 어느 순간부터 인생은 공평하다는 깨달음이 왔다. 인간이라면 누구라도 생로병사의 문제를 피해 갈 수 없지 않은가. 비교적 평탄하고 안정된 생활로 큰 폭풍 없이 살아온 내가 이제 피할 수 없는 병마에 꼬리를 잡힌 격이니 꼭 불평할 일만은 아닌 듯싶었다. 지금껏 무난하게 살아온 내 생의 빚을 조금은 갚아야 할 것 같았다. '고통 총질량 불변의 법칙'이란 가설을 들은 적이 있다. 전 우주가 가지고 있는 총질량이 항상 동일한 것처럼 인류가 당하는 고통의 총량도 변하지 않는다는 주장이다. 다시 말하면 인생 각자에게 닥치는 생의 기복은 누구에게나 공평하게 오는데 다만 찾아오는 시기와 상황이 각자 다를 뿐이라는 얘기다. 그러니 절망과 고통에 빠지는 대신 참고 기다리면 이것 역시 슬그머니 바람처럼 지나가 버린다는 것이다. 더불어 인간이라면 누구나 감당해야 할 생의 몫이 있기 때문에 절대로 '대가를 치르지 않는 공짜 인생'이란 있을 수 없다'라는 말이지 싶다.

나는 내 생각의 틀에 사로잡힌 채 매 순간 삶과 죽음을 넘나들며 세상사를 일깨우는 시간에 빠져들었다. 하지만 곁에 있는 주위 사람들에게는 내 안의 파고를 내보일 수 없었다. 겉으로 초연한 척, 신앙으로 이겨낸 척 했지만 사실은 지독한 고독에 빠져들었다. 왜? 다른 이들은 멀쩡한데 하필이면 나란 말인가? 마음껏 어느 누구에게라도 그 억울함을, 그 분노를 내비칠 수 없는 고독이 밀려왔다. 이것이 인간과 인간 사이에 넘을 수 없는 벽, 소통의 한계일 게다.

"인간이 외롭다는 사실을 이해하지 못한다면 인간의 삶을 이해할 수 없다."라는 어느 시인의 시구가 절절하게 스며들었다. 인간과 인간 사이의 섬을 깨달으니 철저하게 고독이 몰려왔다. 아무리 사랑하는 가족과 친구가 있다 해도 죽음이란 그 누구도 대신 해줄 수 없는 내 짐일 뿐, 오로지 스스로 짊어져야 함이 수시로 가슴을 무너트렸다. 어쩜 죽음 자체보다도 치료 과정에서 허물어져 가는 나 자신과 마주할 것이 더 두렵고 무서웠는지도 모른다. 끝내 나 나름대로 뒷모습이 아름다운 사람으로 남아야겠다는 결심도 하고, 만약 시한부 인생을 살게 된다면 나의 버킷 리스트와 정신적 유산은 무엇일까도 진지하게 헤아려보았다. 비록 별처럼 빛나는 삶을 살지는 못했지만, 평범하게 자족하며 살아온 점에는 후회가 없었다.

6주 후에 조직검사 결과를 알려 주는 가정의와 먼저 마주했다. 아무렇지도 않게 단번에 암이라고 말했던 냉정한 전문의를 만나기 두려워서였다. 암이냐 아니냐, 어느 한 가지로 답변해 주길 바라는 내게 그녀는 "no word cancer(암이라는 말은 없다)"라며 석연치 않은 표정을 지었다. 기실 암이 아니라는 단어 대신 불분명한 표현이니 그럴 수밖에 없겠다. 사실은 크기가 너무 작아서 조직검사에 실패했음을 그 후에 알게 되었다. 그럼에도 아직은 불청객이 안 왔다고 믿고 싶었기에, 그간 짊어졌던 무거운 짐이 순식간에 사라지는 큰 기쁨에 빠져들었다.

새 생명을 부여받은 듯 환희의 찬가를 부르고 싶었다. 언제 불청객이 다시 들이닥칠지 몰라 비록 3개월마다 재검을 계속해야 하지만, 일단은 잽싸게 어둠의 터널을 빠져나와 눈부신 세상 속으로 달음질쳤다. 내친김에 플로리다까지 왔으니 새삼 인생이 감미로울 수밖에 없지 않은가. 삶의 마지막을 붙들고 뒹굴게 만든 전문의에 대한 불평 대신 유익한 시간을 갖게 해준 감사로 채운다.

가을 애상(哀傷)

아까부터 외손녀가 보채고 있다. 오늘로 태어난 지 닷새째, 아직은 젖 빠는 방법을 몰라 매번 시늉만 내고 있으니 배고픈 모양이다. 아무리 등을 부드럽게 다독거리며 노래를 불러줘도 칭얼대기는 마찬가지다. 가끔 내 가슴 안쪽으로 파고들며 엄마의 젖가슴을 더듬는다. 잠시 딸이 비운 자리를 대신 하고 있는 중인데 외손녀의 애절한 울음은 가랑비에 옷 젖듯 나를 흠뻑 적신다. 불쑥 오래전에 잊었던 얼굴들이 모습을 드러낸다. 이렇게 엄마를 찾으며 안타깝게 보챘을 그들을 생각하니 코끝이 찡해오며 속절없이 온 가슴이 흔들린다.

큰오빠의 장녀인 조카는 나와 어린 시절을 한집에서 살았다. 세 살 터울인 우리는 항상 같이 어울려 놀았고, 학교도 교회도 함께 다녔다. 한방을 쓰며 사춘기 소녀의 은밀한 속마음을 터놓는 다정한 사이였다.

대학 졸업 후 그녀가 외국인과 결혼할 때, 나는 이미 캐나다에서 치열한 이민 생활과 마주하고 있었다. 이민과 출산으로 여러 해 동안 서로 만나지 못했어도 그녀야말로 내가 세상에서 제일 사랑하고 아끼는 조카이자 친구였다.

어느 해인가, 그녀가 한국 방문길에 불쑥 이곳에 들러 며칠 동안 꿈

같은 시간을 함께 보냈었다. 그런 그녀가 아들을 낳다가 과다 출혈로 세상을 떠났다니 번개에 맞은 것 같은 엄청난 충격이었다. 두 딸 아래로 건강한 아들을 낳아놓고 본인은 살아남지 못한 믿기지 않는 출산 사고였다. 그녀 아들의 생일이 조카의 기일이니 어처구니가 없지 않은가. 어찌 그 젊은 나이에, 세 아이는 어떻게 자라라고, 온통 가슴을 뒤흔드는 절망과 울분으로 떨 수밖에 없었다.

당시 그녀는 내전 중인 남편의 나라를 떠나 스페인 발렌시아에서 임시로 거주하고 있었다. 지중해 연안의 휴양도시에서 아름다운 풍광을 즐기며 출산을 기다렸던 것이다. 그런데 정작 오래 기다렸던 아들을 낳아놓고는 이국에서 훌쩍 사라진 서른세 살의 내 조카. 학창 시절부터 영리하고 노래와 연극에 끼가 많았던 그녀. 당시 사춘기 여고생들의 마음을 흔들던『그리고 아무 말도 하지 않았다』의 저자 전혜린에 매료되어 그녀 역시 독문학을 전공했었다. 패티 김의 '이별'을 대학가요제에서 부를 만큼 가수 못지않은 가창력을 지녔던 그녀라, 나는 30년이 지난 지금까지도 목이 메어 그녀의 애창곡을 듣지도 부르지도 못한다. 요즘 세상에 병원에서 아이를 낳다 세상을 떠나다니 참으로 믿기지 않는 일이 아닌가.

가을이 시작하는 9월 셋째 주에 그녀는 떠났다. 내 딸의 생일파티 도중에 그 어처구니없는 소식을 접했지만 당시의 여건으로는 장례식에도 참석할 수 없었다. 그 후 강산이 세 번 바뀌어 내 딸이 스페인 바르셀로나에 있는 국제학교에 근무하게 되었다. 사랑하는 조카를 잃은 스페인에서 내 딸이 귀여운 외손녀를 낳았으니 참으로 아이러니하지 않은가. 딸의 해산을 돕기 위해 떠나는 비행기 안에서, 병원 대기실에서,

내 심장은 불안으로 똘똘 뭉쳐있었다. 그 나라에서 출산 사고로 세상을 떠난 조카가 온 마음을 어지럽히고 돌아다녔다. 어느 어미인들 안 그럴까 싶다. 다행히 딸은 순산하였다. 그러나 내게 있어 애증의 나라가 된 스페인. 꿈에도 잊을 수 없는 조카를 잃은 비애와 동시에 딸이 결혼 십 년 만에 외손녀를 안겨준 환희의 나라이니 말이다.

오늘 외손녀의 보챔이 졸지에 엄마를 잃었던 조카의 갓난아기와 두 딸을 떠올린다. 그들이 그 기막힌 시간을 어찌 살았는지 전혀 돌아보지 못한 모진 세월이 후회스럽다. 내 어릴 적 초상화 같은 조카를 이렇게 완전히 잊고 살 수 있으리라고는 생각하지 못했기에 더욱 당황스럽고 미안하다.

9월로 들어서니 지난여름 무더위도 한풀 꺾인 듯 쾌적한 가을바람이 서성이고 있다. 남들은 가을의 의미가 낙엽, 단풍, 높은 하늘로 다가오지만 내게는 아까운 서른세 살에 바람처럼 세상을 등졌던 조카가 절절히 그리운 슬픈 계절이다.

팬데믹 게임

애들 집을 방문했을 때나, 카테지에 갔을 때마다 절실하게 느끼는 게 있다. 바로 우리 이민 1세들은 놀이 문화에 익숙하지 않다는 점이다. 즐길 수 있는 많은 도구가 있다 해도 그저 손님처럼 떠돌고 있는 우리 자신을 보면 그랬다.

저녁이 되어 카테지에 어둠이 내리면 캄캄한 호수가 고요에 잠겨 있고, 하늘 위에서는 크고 작은 별들이 총총히 선명하게 빛을 발하며 가까이 다가온다. 종일 호숫가에서 수영, 카누, 워터 보딩, 워터 스킹, 낚시, 탁구, 배드민턴… 등등 실컷 놀던 그들은 밤이면 또 다른 즐거움인 온갖 카드 게임을 시작한다. 크고 작은 상자마다 갖가지 게임이 있어 어른 아이 할 것 없이 모여 까르르 웃어가며, 고성을 지르며 시끌벅적하게 논다. 그러나 번번이 나와 남편은 같이 어울리지 못하고 과일이나 디저트를 챙겨주거나 애들 손이 못 미친 일을 찾아 하면서 그저 행복한 그들을 바라보는 기쁨에 젖어 흐뭇해하는 정도다. 가끔은 우리도 익숙해진 숫자 게임을 손주들과 아들 며느리와 함께 즐길 때가 있긴 하지만, 대체적으로 카테지(놀이) 문화 자체가 우리에겐 낯설고 어색할 뿐이다.

그런 우리가 코비드로 인해 세상과 단절되어 지내는 동안 새로운 것에 눈을 뜨게 되었다. 하나는 좋은 벗들과 가까운 공원이나 숲속을 걷는 재미에 홀딱 빠져 지난 3년간의 지루함을 이겨 낼 수 있었다. 또 하나는 가까운 지인 부부와 게임을 하며 지루한 일상을 매끄럽게 이어갈 수 있었다. 루비큐(Rummikub) 게임, 스피너(Spinner) 게임, 윷놀이도 했으나 단연코 고스톱 게임이 최고로 재미가 있었다. 오래 전 지인들과 토론토를 벗어나 시외로 놀러 갔을 때 여럿이 함께 즐길 수 있는 적합한 놀이로 고스톱 게임과 섯다 게임을 배운 적이 있었지만, 거의 기억을 못 해서 다시 배워가며 그 암담했던 시간들을 즐거움으로 채워갈 수 있었다. 여름철엔 골프로 분주했으니 겨울나기만 해결하면 되었기에 우린 매주 요일을 정해놓고 만났다. 더군다나 같은 콘도에 살고 있어 게임도 하고 지는 편이 식사도 책임지니 일석이조 아니었나 싶다. 무엇보다도 게임을 통해 평상시에 다가가기 어려운 관계가 더 가까워지고, 상대방을 살뜰하게 챙기는 다정한 사이로 발전해 가니 바람직한 일이 아닐까.

친정아버지께서는 놀이에 대해 엄격하셨다. 일찍 할아버님을 여의고 외아들로서 대가족 살림을 책임져야 하는 가장이었으니 어찌 놀이에 익숙했을까. 유일한 취미로는 가끔 목청을 가다듬어 시조를 읊으시는 정도였다. 무엇보다도 화투는 패가망신하는 놀이라고 우리 집안에선 금기였다. 명절 때 가족들이 모이면 여자들은 음식 만들기에 분주했고, 남자들은 바둑을 두었다. 화기애애한 분위기로 바둑을 두다가도 서로 한 점 물러달라, 안 물러준다며, 큰소리로 시비가 붙으면 아버지 눈치보기에 급급했던 상황을 아직도 기억하고 있다.

시집 분위기는 조금 달랐다. 가끔 온 가족이 모여 민화투를 치곤 했었다. 새며느리인 나까지 불려 가서 시간을 보낼 때도 있을 정도로 자유로웠다. 시어머님께서 양로원에 입주하시기 전, 우리 집에서 잠시 머무셨을 때다. 지병인 심장병으로 인해 호흡장애가 올 때마다 무척 괴로워하셨다. 우리는 어머님이 잠시라도 고통을 잊고 지루함을 벗어나게 민화투를 함께 치자고 권했다. 순전히 어머님을 즐겁게 만들기 위한 기쁨조 역할이었다. 그런데 놀랍게도 그 시간만큼은 어머님 정신이 말짱하셔서 다른 걱정과 아픔도 다 잊고 어린아이처럼 즐거워하시던 모습이 한 폭의 그림으로 남아 있다. 지병의 고통도 잊게 해 주기도 하지만, 이즘은 웰다잉을 꿈꾸는 현대인에게도 치매 예방에 좋은 게임이라고 노인들에게 추천하고 있지 않은가.

아버지 때문인지 내게 있어 화투 치는 것은 죄의식을 갖게 하는 놀이에 속했다. 그런데 팬데믹은 이러한 내 오랜 관념을 깨는 계기가 되었다. 가까운 친구네도 아들 가족과 함께 팬데믹 기간 동안 가족 게임으로 고스톱을 했다고 들었다. 이곳에서 태어난 애들인데도 완벽하게 게임을 이해하고 온 가족이 즐거운 시간을 보냈다고 하니, 아마도 더 많은 동포 가정에서도 자녀들과 화투 게임을 했으리라는 짐작해 본다.

근래에는 한국 드라마, K-Pop을 통해 한국어를 익히기가 쉽다고 하는데 한국인의 카드놀이인 화투 게임도 좋은 아이디어가 아닌가 한다. 화기애애한 가족 게임을 통해 한국의 문화와 언어에 익숙해질 수 있다면 두 마리 토끼를 잡는 게 아닐까 싶다.

고스톱에 미숙했던 그 지인 부부가 금년 겨울에 한국에서 3개월을 지내다 돌아왔다. 예전에는 한국에 사는 가족들이 모여 게임을 할 때면 디저트 준비하여 대접하기에만 급급했던 분들이, 이번에는 최신 유행하는 고스톱을 정식으로 습득하고 돌아왔다. 이곳에서 오래 살아온 우리로선 그 새로운 룰을 익히기가 쉽지 않을 정도로 복잡하다. 난해할수록 예상을 뒤엎고 승자가 패자가 되고, 패자가 승자가 되는 이 새로운 룰을 익히기가 쉽지 않다. 그러나 예상을 뒤집는 반전에 완전 매료되어 즐거움도 배가 된다. 이런 점이 모든 게임의 원리이고 삶의 원리가 아닌가 싶다. 고생 끝에 맛보는 두 배의 행복감을 돌아보면 그렇고, 순조롭게 일이 잘 풀린다고 자만하다 복병을 만남으로써 모든 게 물거품이 되는 경우도 허다하니 말이다.

그런데 팬데믹이 끝나니 서로 만나기도 어려워졌다. 막혔던 물줄기가 터지듯 세월의 흐름이 예전보다 배로 빨라지고 모두 분주해져서 겨우 카톡으로만 안부를 전할 정도다. 건전한 정신의 건전한 게임은 삶의 여유와 미소를 선물로 주는 행복의 지름길이 됨을 충분히 경험했는데, 또다시 잡을 수 없는 시간으로 달아났다.

인연의 마지막

어느 날 신문 기사에 실린 교민 동정란을 읽다 깜짝 놀랐다. 그가 갑자기 세상을 떠났다니 믿기지 않았다. 가끔 그의 소식이 궁금하면서도 한 번도 알아보려고 노력하지 않았던 나 자신에 대한 자책이 잠시 일어났다. 하루 내내 그와 얽혔던 지난 인연이 꼬리를 물고 이어졌다.

그와의 첫 만남은 30여 년 전이다. 시외에서 살다가 토론토로 이사온 그가 내가 다니는 교회로 출석하면서부터다. 그때까지 그에 대해서 알고 있는 바는, 당시 한 일간지에 자비로 전면 광고난에 몇 회에 걸쳐 어떤 분과 장문의 글로 논쟁을 벌인 분이라는 정도였다. 당시만 해도 이민의 삶이 치열해서 경제적 여유가 오늘날만큼 넉넉하지 않았을 때였다. 당연히 그가 평범한 분이 아니고 자기 정의가 강한 분이라 여기고 있었다.

같은 교회를 섬기면서 고정관념에서 벗어날 수 있었다. 음악적 재능이 뛰어난 그는 교회 성가대 지휘자로 봉사하며 교회와 교우들을 세심하게 챙겼다. 맛난 음식으로 손님 대접하기를 즐기며 어려운 입장에 처한 교우들을 돌아보며 좋은 관계를 이어갔다. 그러다 무슨 연유인지는 몰라도 어느 해 갑자기 다른 교회로 떠나갔다.

누구보다도 우리와는 원만한 관계로 신뢰를 쌓고 있었다. 개척교회로서 한창 바람직하게 성장해 나갈 때라 교회 내 모든 활동에 함께 참여했으니 말이다. 워낙 재주가 많은 분이라 음악 방면뿐만 아니라 글에도 일가견이 있어 뭔가 마음이 잘 통했지 싶다. 그러나 아쉽게도 그가 우리 곁을 떠난 지 몇 년 후, 엄청난 형사 사건에 휘말려 결국 오랜 세월 동안 영어의 몸이 된 것을 기사로 알게 되었다. 자세한 내막은 알 수 없어도 우리가 알고 지내온 그에 대한 염려와 궁금증이 앞섰지만 그저 마음에만 묻고 지냈다. 원래 인간의 양면성은 직접적인 이해관계가 생기지 않는 한 서로 모르고 지낼 수밖에 없지 않은가.

몇 년이 흐른 어느 날, 교도소에서 보내온 그의 편지를 받았다. 잘 지내고 있다는 안부와 우리에게 빌렸던 돈을 곧 갚을 수 있게 되었다는 뜻밖의 내용이었다. 한때 그가 어려움에 처했을 때 도움을 준 적이 있었지만, 그때까지 우리는 그에게 베푼 작은 선행으로만 여겨 잊고 있었다. 또 어떻게 자유를 잃은 분이 빚을 갚을 수 있다는 건지 이해가 되지 않았다. 사연인즉 입소할 당시에 앞으로 갚아야 할 빚을 기록할 때 우리 이름을 기재했단다. 이제 노인 연금을 받게 되어 그것을 저축 관리해 주는 부서에서 자신이 등록했던 빚을 대신 갚아준다는 내용이니, 놀라운 제도가 아닌가. 우선 감옥에 있는 사람도 노인 연금을 받을 수 있다는 점과 모르는 척해도 될 그런 상황에서 우리에게 빚을 갚으려고 마음 써준 점이 고마웠기에 그의 새로운 면을 본 거 같았다.

얼마 후 수표를 우편으로 받았다. 또한 당시에 내가 출간한 수필집 20권을 주문하며 보낼 분들의 주소로 우송해 줄 것을 부탁하며 그 비용에 대한 또 하나의 수표도 같이 보내왔다. 그 후에도 가끔 소식을 보내

왔고, 그럼에도 남다른 소질이 있어 '십자가상의 예수님' 얼굴을 연필로 스케치해서 그곳에서 직접 만든 액자에 넣어 보내오기도 했다. 비록 맵시 있는 액자는 아니더라도 수백 개의 연필선이 나를 감동시키며 우리의 인연을 감사하게 했다. 그 연필선 하나하나를 바라보고 있으면 재능보다도 신앙 안에서 마음을 다스리고 있는 그의 고뇌에 찬 모습이 아련히 전해오는 듯했으니 말이다.

그 후 수년간 소식이 끊겼고, 세월만 속절없이 흘러갔다. 이상하게도 지속적으로 연락을 하지 않게 되었다. 그저 막연하게 잘 지내리라 믿고만 있었다. 교도소 안에서도 매 주일마다 드리는 예배의 찬양을 인도하고 피아노 반주와 아코디언 연주도 하며, 식품 주문 담당자로서 모범수로 인정받아, 그 안에서도 잘 지낸다고 들었기 때문이다. 드디어 그분이 자유의 몸이 되어 옛 교회로 다시 참석한다는 소식을 듣게 되었다. 그럼에도 당시 우리가 시외생활을 하고 있던 때라 그저 잊고 지낼 수뿐이 없었다.

어느 날 우연히 토론토의 한국 식품점에서 만났으나 서로 다른 선약이 있어서 그날 함께 시간을 보내지도 못했다. 그러다 오늘 그의 부음을 기사로 접한 것이다. 이십여 년 만이다.

그가 마지막으로 섬겼던 교회 게시판에 추모의 글이 실려 있었다. 그 글을 통해 그의 마지막 생애의 모습을 더듬어 갈 수 있었다. 두 시간 걸리는 장거리를 두 번이나 시외버스를 갈아타고 비가 오나 눈이 오나 매주 예배에 참석하였고, 특송을 할 아코디언은 늘 품에 안고 다녔단다. 부득이 예배에 참석하지 못할 경우에 교우들이 심방을 가면 꼭 식사 대접을 손수 마련했다는 감동적인 내용도 있었다. 떠나는 날에도 그 추운 날씨에 교회에 가려고 버스를 기다리는 중 심장마비로 아코디언을 안고 쓰러졌다니 가슴이 시려온다. 비록 짧은 만남이었지만 내게는 깊은 여운을 남긴 분이 아닌가 싶다. 이제는 고인의 평안한 안식을 기도하며, 그 인연의 끈을 놓아야 할 것 같다.

그럼에도 불구하고 고인이 오랜 기간 복역했던 형무소 앞을 지날 때마다 마음에 균열이 일어난다. 그의 생전에 따뜻한 식사 대접 한번 안하고 애써 외면했던 내 행동과 편견이 크리스천으로서 부끄러움을 느끼게 한다. 마음만 먹었더라면 얼마든지 그를 찾아내어 만날 수 있었을 텐데, 결국 나도 죄값을 다 치른 그에게 다시 돌을 던진 셈이 아닌가. 사랑과 용서를 되뇌면서도 말과 행동이 다른 이중적인 신앙인으로서의 양심이 그를 떠올릴 때마다 고개를 든다.

겨울 숲속을 걸으며

흰 눈으로 뒤덮인 숲길을 걷는다. 팬데믹으로 사람들을 자유롭게 만날 수도 없고 쇼핑도 식당도 갈 수 없는 상황이지만, 오로지 하이킹은 5명 미만이 허용되어 천만다행이다. 매주마다 평상시 자주 만나지 못했던 친구 부부와 앞서거니 뒤서거니 걸어가는 재미가 쏠쏠하다. 무엇보다도 눈길을 밟을 때마다 내는 아이젠 소리가 동심을 일으키며 정답기 짝이 없다.

"뽀드득 뽀드득…" 마치 소대 병력이 움직이듯 질서정연한 소리는 매번 내 안에서 에너지를 발산하게 만드는 요인으로 변한다.

Winter Wonderland!

눈 덮인 숲속은 환상적이다. 누군가 먼저 걸어간 이의 발자국을 따라가노라면 확 트인 시야에 크고 작은 나뭇가지마다 흰옷을 뒤집어쓴 모습이 사랑스럽다 못해 귀엽기만 하다. 보이는 곳곳마다 방금 화가가 흰 물감을 풀어놓은 수채화다. 어찌 그리도 평화로운지, 어쩌면 그토록 따사로운지, 말할 수 없는 행복감에 휩싸이고 만다. 비록 죽은 듯 서있는 나무들이지만 그 늠름함으로 보아, 기실 모든 동력을 안으로 끌어들여 돌아올 새봄을 잉태하기 위한 에너지 축적에 힘쓰고 있는 것이리라.

별 볼 일 없어 보이는 벗은 몸과 거칠고 날카로운 잔가지 위로 폭신하게 두른 흰 이불로 최상의 행운을 누리고 있으리라. 움푹 패인 길도 쌓인 낙엽 위에도 눈 이불을 두른 채 우리들의 발걸음을 편안하게 지켜주고 있다. 숲과 숲을 유연하게 연결한 큰 비탈길에는 나무 난간이 있어서 길과 낭떠러지를 한눈에 구별할 수 있도록 해 주며, 앞서간 발자국을 따라갈 수 있도록 이끌어준다.

백색이 너무 밝아서 우리의 눈을 어지럽히는 설경 속을 정신을 집중하여 걷노라면 어느새 온몸과 마음이 가벼워지며 텅 비워온다. 마치 숲속을 자유롭게 날아다니는 한 마리의 새가 된 듯하다. 오늘 이 시간 살아있음에 감격하게 된다.

친지와 함께 걸으며 나누는 대화는 즐겁고 새롭다. 지금까지 몰랐던 성격과 취향도 새로 발견하고, 자주 만나지 못했던 세월의 틈도 메워간다. 따뜻한 시각으로 이해와 관심의 폭을 넓혀가며 노년의 길동무로 만족하기에 이른다. 시시때때로 음식 만드는 방법, 비밀스러운 자기만의 여가 활동, 신앙생활의 어려움, 자유를 찾아 떠난 자녀들 이야기에 취한다. 그간에 거쳤던 세상 풍파 헤쳐온 삶의 지혜 등등, 대화는 갈수록 깊어지며 흥미진진해진다.

매번 코스를 바꿔서 걷는 즐거움 또한 크다. 상쾌하다. 환호성을 치고 싶다. 집안에 처박혀 막막하게 지내는 팬데믹의 스트레스가 한 방에 날아간다. 더군다나 매혹적인 설경에 좋은 친구와 함께하니 세상 근심조차 사라진다. 꼬였던 심사가 풀어지며 잡념도 사라진다. 모든 생각이 질서 정연해지고, 막혔던 길이 새로 트이기 시작한다. 그날이 그날이라 허무에 젖었던 가슴안으로 생기가 가득 차오르며 삶의 기쁨이 솟구친다.

숲속에는 여러 갈래 길이 많다. 허나 결국은 큰길로 통한다는 것이 우리의 인생길을 일깨워준다. 저마다 각자의 생각과 의지와 능력에 따라서 가고 싶은 길을 선택해서 살아가지만, 결국 우리는 인생의 종착역에 도달할 수밖에 없는 편도의 길이지 않은가. 때로는 일부러 평탄한 직선 길보다는 돌아가는 샛길을 택하고, 평지보다는 급한 경사진 길을 선택할 때도 있다. 그때마다 위험 부담은 크지만 재미가 더 하고 스릴도 만점이다. 가끔은 익숙해진 길 위에서 길을 잃을 때도 있으나 잠시 갈팡질팡하다 오히려 새 길을 찾아내는 소득이 있어 유쾌하다. 다만 눈길에 넘어지지 않게 아이젠과 지팡이를 꼭 챙겨야 하듯, 험난한 인생길 역시 자만심을 버리고 헛된 유혹과 만용을 버려야 큰 낭패를 당하지 않음을 기억해야 하리라.

겨울 산행은 축복이다. 단순한 현실도피가 아니고 새로운 에너지의 온상이기 때문이다. 신선한 옹달샘이며 생각을 바꾸게 만드는 삶의 활력소가 되어주니 말이다. 추운 캐나다 겨울을 피해 매년 따뜻한 플로리다로 도망치듯 해왔는데, 이제 새로운 겨울 취미 하나가 내게 제동을 걸게 되었다. 탁구나 라인 댄스 같은 실내 운동도 좋지만, 백설로 덮인 청정한 숲과 마주한다는 건 더할 나위 없는 즐거움과 기쁨이 아닌가 싶다. 비록 일시적이긴 하지만, 나 자신도 완전히 더러움에서 벗어난 순백의 투명 인간이 된 듯 착각에 휩싸이니 말이다. 더는 추운 겨울을 피하지 않고, 대신 마주하며 사는 방법을 터득하게 된 것은 코로나19가 내게 준 선물이다. 닫힌 세계 안에서도 새로운 나 자신을 발견할 수 있음은 분명 특별한 경험이 아니겠는가.

선한 사마리아인

미국 여행을 마치고 돌아오는 도중에 잠시 길을 잃었다. 순환도로인 줄 알고 들어선 것이 실수였다. 고속도로에서 쉽게 만나야 할 여행자 안내소가 보이지 않았고, 상가도 서서히 줄어들며 인가도 점점 사라지고 말았다. 오로지 숲길로만 오붓하게 이어지는데, 이미 지는 해가 시나브로 어둠을 몰아오고 있어 불안해지기 시작했다. 낯선 길에서 방향을 가늠할 수 없는 상황에 몰렸음을 인정해야 했다.

오랜 긴장 끝에 다행히 주유소가 나타났다. 마침 식품점도 겸하고 있어 이곳에서 누군가의 도움을 받아야 할 형편이었다. 모두 자기 일에 바쁜 저녁 시간이라 길 잃은 타국인에게 친절을 베풀어주기는 어려워 보였다. 그러나 운 좋게도 인상이 좋은 한 중년 남성으로부터 자상한 도움을 받아 한 시간을 더 돌고 돌아 어둡기 전에 겨우 호텔을 잡을 수 있었다. 그날 밤 긴장이 풀리니 암담한 상황에 다달아 정신을 차릴 수 없을 정도로 긴장했던 옛 추억들이 모습을 드러냈다.

거의 이십여 년 전의 일이다. 미국 플로리다 친구 집에서 한 달을 머물고 캐나다로 돌아올 때였다. 전날에 미리 공항으로 가는 택시 예약을 했기에 집 앞에서 기다리고 있었으나 이상하게 예약 시간까지도 택시가 오지 않고 있었다. 기다리다가 다시 재촉하는 전화까지 했으나 30분이 넘어도 나타나지 않았다. 우리 부부와 친구 부부, 네 사람은 각자 짐가방을 끌고 집 앞길을 오르락내리락하며 비행기를 놓칠까 봐 불안에 떨며 어찌해야 할지 난감해할 때였다.

갑자기 지나가던 작은 승용차 한 대가 서면서 우리에게 도움이 필요하냐고 물었다. 낯선 미국인 청년인데 예의가 바르고 사려 깊은 모습에 믿음이 갔다. 그는 우리의 걱정스러운 대답을 듣자마자, 자신은 바로 이웃에 살고 있는 어머니를 방문 중인 뉴욕의 경찰이라며, 지금 가도 비행기는 탈 수 있을 거라며 자기가 공항까지 데려다주겠다고 나섰다. 문제는 그의 차가 네 사람을 태우고 짐까지 실기에는 너무 작았다. 할 수 없이 친구 집 차고에 있는 밴으로 우릴 공항까지 데려다주고, 친구의 자동차와 그 키를 다시 차고에 넣고 집을 잠가달라는 어려운 부탁까지 하고 말았다. 그는 흔쾌히 우리를 공항까지 태워다 주고 친구의 밴도 차고에 넣고 집도 잠가주었다.

요즘 세상에 만나기 힘든 천사였다. 우리는 그의 도움으로 공항에 도착하여 제일 마지막 손님으로 에어 캐나다에 탑승하여 무사히 토론토로 돌아올 수 있었다. 그다음 해에 플로리다에 다시 갔을 때, 친구와 나는 근처에 사는 그 경찰의 어머니를 찾아가 기프트 카드를 전해드리며 감사 인사를 드렸다. 아직도 믿기지 않는 감격스러운 일의 하나다. 이방인인 우리를 자기가 돌봐줘야 할 사람으로 깔끔하게 뒤처리까지 해 준 그 경찰의 얼굴을 지금은 기억조차 할 수 없지만, 그 천사의 친절한 도움은 잊을 수가 없다. 선한 사마리아인으로 늘 가슴에 남아 있다. 아마도 내가 길 위에서 겪은 수많은 어려운 일 중에 가장 힘들었던 일로 기억한다.

또 한번은 오타와 아들 집을 다녀오다가 겨울 동안 아무 일이 없었는지 카테지를 점검하려고 가다가 생긴 일이다. 이른 봄철이라 아직도 길에 눈이 조금씩 쌓여 있긴 했지만, 스노우타이어서 눈길 운전이 어려울거라는 생각은 전혀 하질 못했다. 카테지가 있는 호숫가까지 2km 정도 사잇길을 따라가야 하는데 중간 지점에 내리막길이 세 군데가 있었다. 첫 번째 내리막길은 별문제 없이 통과했는데 문제는 두 번째 내리막길에서 생겼다. 차가 조금씩 미끄러지기 시작하자 베테랑 운전사가 당황하기 시작했다. 내리막길이라 더는 전진도 후진도 할 수 없는 상황에 이르렀는데 인근에는 가옥도 전혀 없고 아들 집 하고도 한 시간이 걸리는 지역이라 누구에게도 도움을 요청할 수 없는 상황이었다. 그때까지만 해도 셀폰이 없었던 우린 당황하여 어떻게 해야 할지 난감해 있을 때였다.

먼 능선 위에 농가에서 사용하는 작은 트랙터가 그 길 따라 내려오고 있는 게 보였다. 지금 이 계절에는 카테지를 이용하는 사람도 없는데 어떻게 해서 그 트랙터가 우리 앞에까지 나타났는지 믿을 수가 없었다. 어쨌든 원더 맨이 우리를 돕기 위해서 그 시간에 우리 앞에 짜잔 ~ 하고 나타난 것이다. 준수하게 잘생긴 서양 청년은 우리가 도움을 요청하자마자 후다닥 트랙터에서 내려와 우리 차를 순식간에 운전해서 내리막길로 내려갔다가 다시 초 스피드로 오르막길로 올라가 안전한 지역으로 옮겨주는 것이 아닌가.

과연 젊음은 빛이 났다. 청년은 우리의 고맙다는 인사를 받자마자 자기 갈 길로 가고 말았지만, 후에 들으니 옆 동네에 큰 농장을 갖고 있는 집의 청년일 거라고 했다. 얼마나 고마웠던지 오랜 세월이 지난 일인데도, 그 길을 통과할 때마다 길 위의 천사였던 그 선한 사마리아인이 떠올라 아직도 두리번거리곤 한다.

　살아가면서 누군가의 도움을 받지 않고 살아갈 수 있는 사람은 이 세상에 단 한 사람도 없으리라. 돌아보면 크고 작은 사건이 시도 때도 없이 우리 주변에서 일어나고 있는데, 그때마다 누군가의 도움으로 난황을 피할 수 있었던 경험은 누구나 한 번쯤은 있을 것이다. 전혀 알지 못하는 사람을 위해 선한 사마리아인으로 나서기는 결코 쉽지 않은 일인데도 분명 그런 천사들이 우리 주변에 존재하기에 아직도 이 세상은 아름다운 게 아닌지. 서로 도움을 주고받으며 우리 자신이 만들어가는 아름다운 세상이 있어서, 나날이 험난해 가는 세상 속에서도 절망하지 않으며 살아갈 수 있지 싶다.

오십 송이 장미꽃다발

일생에 단 한 번뿐인 금혼을 맞으며 팬데믹으로 계획했던 여행을 떠날 수 없게 되어 난감했다. 생각다 못해 결혼 생활 50년을 살아오면서 맺어온 수많은 인연 중 가장 심도 깊은 만남으로 여겨지는 열 쌍의 친지들을 한 자리로 초대했다. 때마침 코비드에 걸린 아들네와 해외 항공편을 이용해야 하는 딸네도 참석할 수 없는 실정이라, 극히 제한된 인원으로 아쉬움은 컸으나 나름대로 의미 있는 시간을 보냈지 싶다.

그들은 우리가 이민 온 1972년부터 이 땅에서 맺어온 인연들이니, 돌아볼수록 감격스러운 아름다운 관계들이다. 남편과 김포공항에서 비행기를 함께 타고 온 이민 동기, 캐나다에서 첫 이민자의 정착을 돕는 영어 학교에서 만난 동창도 있다. 이민 첫날 밤을 우리의 작은 아파트에서 옹색하게 보내야 했던 친구, 40년이 넘는 세월 동안 깊은 우정을 나눠온 선배 언니도 있다. 연년생인 시동생 친구로 만났으나 우리와도 좋은 친구로 맺어진 이, 문우로 만나 친동생처럼 다정다감한 사이가 된 이도 있다. 신실한 크리스천으로 삶과 신앙을 진솔하게 나누게 된 이, 외로운 시골 생활에서부터 오늘까지 남편과 흉허물없는 형제의 정을 나눠온 이도 있다. 한결같이 옆에서 울타리가 되어준 친정 오빠네, 오빠 친구이면서 우리와도 인연이 깊어진 이, 이렇게 20인이었다.

갑작스럽게 주선한 만남인 만큼 시간이 여의치 못해 참석하지 못한 인연도 여럿 있었다. 기실 여태 살아있어서 만날 수 있었던 지인들이다. 왜냐하면 잊을 수 없는 몇 커플은 건강을 잃었거나, 이미 세상을 떠나 초대 못 했으니 말이다. 이런저런 인연을 새삼 되돌아보니, 풋풋했던 그 시절에 서로 보듬고 의지하며 살아왔던 이민 초 풍경이 한 폭의 수채화처럼 정겹게 다가온다. 아직도 청초한 색이 조금도 변하지 않은 채 곁에서 노년을 맞은 우리들이 아닌가. 무엇보다도 오늘 함께 하는 모든 분이 곁에 있어서 팍팍한 이민의 삶을 오늘까지 지탱해 올 수 있었던 것 같아 고맙기가 그지없다.

그날에 친구들이 안겨준 화려한 오십 송이 장미꽃다발을 감격하며 받았다. 이렇게 많은 장미꽃을 한 번도 선물로 받아 본 적이 없었기에 목젖이 잠겨왔다. 잘 익은 자줏빛 빨간색이 대부분이었으나 1/3은 흰색과 분홍색이 섞여, 마치 지난 50년간 내 결혼생활의 참모습을 보여주는 듯싶었다. 되돌아보면 한껏 화려하고 아름다운 꽃다발처럼 늘 행복했던 것만은 아니었다. 빨간 장미꽃처럼 한결같이 서로 깊은 사랑과 열정을 품은 채, 삶의 의미와 가치관이 하나가 되었던 것은 아니다. 서로 냉대하고, 대화를 잃고, 무감각하게 대하며, 어쩔 수 없이 떠밀려 살아온 해가 분홍 장미꽃 수만큼 있었던 것 같다. 그런가 하면 삶의 의욕을 잃고, 죽고 싶을 만치 괴로워 결혼의 의미를 저버리고 싶은 유혹에 빠져, 마음이 바위처럼 굳어버렸던 때를 흰색 장미꽃이 대변해 주는 듯했다.

그럼에도 오늘까지 건강하게 살아서 금혼을 맞이함이 얼마나 큰 기적이고 감사한 일인지 새삼스럽게 느껴졌다. 적당하게 세 색상이 고루 섞인 장미꽃 오십 송이는 한층 깊은 내 삶의 의미로 다가오며 감동을 줄 수밖에 없었다.

결혼 50주년을 맞으며 이제서야 그 진정한 의미를 깨닫는다. 신혼의 달콤한 꿈에 이어 아이들이 태어나고, 선물로 다가온 두 애들을 키워내는 일에 떠밀리면서, 그애들이 물어다 주는 긍지와 만족과 행복에 취해 정신없이 살아온 세월이 있었다. 이어서 애들의 독립과 결혼, 손주들의 탄생으로 생애 최고의 감격에 휘둘렸던 시간이 있다. 무엇보다도 남의 땅에서 뿌리를 내리는 깊은 갈등에, 삶의 고비마다 복병을 만나는 절망과 고통이 있긴 했지만, 어느새 고희를 훌쩍 넘기며 단둘이 남은 우리가 아닌가.

"신부 ○○양, 그대들이 사는 날 동안 기쁠 때나 건강할 때나 병들 때나 부유할 때나 가난할 때나 항상 서로 사랑하고 성실한 아내가 될 것을 지금 서약하십니까?" 새삼 결혼 서약을 음미해 보니 내 진정 지난 세월 동안 서로의 기쁨과 슬픔과 고통과 절망에 동참하였는지 자신이 없어진다. 얼마나 자주 서로 다르다고 이해할 수 없다며 상대방을 매도하면서 절망에 빠져 허우적대지 않았는가 싶다.

그러나 이젠 알겠다. 앞으로 내가 살아갈 세월은 어떤 풍파가 밀려오더라도 우린 서로 어깨동무하고 나아가야 하고, 서로를 위해 하나가 되어야 함을, 진정 너와 내가 일심동체가 되어 생애 마지막까지 서로 돕고 배려하며 돌봐야 함을 말이다. 젊은 날에는 나의 일방적인 희생인 줄 알고 가슴앓이도 했지만, 지금은 그가 있어 오늘 내가 있음을 절감할 뿐이다.

지금부터는 석양에 무르익은 노을빛 장미꽃을 피워야 할 때다. 아직 같이 있어 진정한 행복을 느낄 만큼 성숙해진 여분의 시간이니 말이다. 덤으로 얻은 함께 할 시간을 소중하게 생각하며, 뒤늦은 후회와 회한을 남기지 않도록, 찬란한 석양빛 장미꽃을 만들어 가는 게 우리의 과제이리라.

"인생은 작은 인연들이 모여 아름답다"라는 피천득 선생님의 글에 공감이 간다. 나의 빛나는 인연들을 다시 보듬으며, 인생의 아름다움을 석양빛으로 엮어가며, 남은 세월을 은은한 수채화로 살아가고 싶다.

칠십에 만난 세 여자

시외에서 토론토로 이사올 때 만해도 새로운 인연이 생기리라고는 기대하지 않았다. 이미 오래전부터 맺어온 지인들과 다시 교제를 시작해도 넘치는 숫자였기 때문이다. 삼십 년간 장거리에서 살아오느라 좋은 인연들과 깊은 관계를 이어오지 못한 게 가끔 나를 서글프게 만들었는데, 생각만 해도 나를 행복하게 만드는 새 친구들을 또 얻었으니 얼마나 큰 행운인가 싶다. 세월은 더 이상 부담스러운 관계와 억지로 마음에 품어야 할 사이로 인해 가슴앓이할 필요가 없음을 자연스럽게 알게 했다. 기실 사랑하는 친구들과 만나는 기쁨과 마음 편한 관계를 유지하는 데도 시간이 많이 남아 있는 건 아닐 테니 말이다.

M 언니는 나보다 두 살이 위다. 같은 콘도에 살고 있어 친지의 소개로 만나게 되었다.

현숙한 가정주부인 그녀의 집안은 실내 장식부터 남달랐다. 개성이 넘치는 여러 종류의 그림과 가구의 배치가 아마추어 같지 않았다. 요즘은 주로 식당에서 모임을 갖는 풍조인데 그녀는 집에서 손님을 대접하는 일에 익숙하고 또 즐기는 거 같았다. 직접 빚어 만든 도기 그릇과 특징이 두드러진 접시에 색과 멋과 맛이 잘 어울리는 음식과 디저트를 만들어내는 솜씨도 뛰어났다. 원래 미술을 전공하긴 했어도 일상생활에서 그리 두드러지게 미적 감각을 드러내기는 쉽지 않다고 본다. 상대방의 기를 꺾어 놓을 만큼 완벽한 접대로 처음엔 마음이 편치 않았다. 내 집으로 쉽게 초대를 할 수 없을 만큼 주눅이 들게 했으니 말이다. 이때껏 누군가에게 그리 강하게 기가 죽어보긴 처음이라 아무리 내 자존심을 세워보려 해도 오랫동안 마음이 불편했다.

그런데 언젠가부터 서서히 마음의 벽이 무너지기 시작했다. 일 년 이상의 시간이 걸리진 했지만, 서로의 마음이 보이고 뭔가 서로 의지가 되기 시작했다. 나름대로 그 완벽한 모습에서 진정 약한 감성도 보았기 때문이리라. 좋은 관계란 서로의 장단점을 모두 인지함으로써 시작되는 게 아닌가. 서로 이해관계도 아니고, 또한 비교 대상도 아닌 순수한 모습 그대로 받아들이고, 보통 사람인 나 자신을 부담 없이 보여 줄 수 있게 되면서 우리 관계가 편해진 거다. 지금은 늘 안부가 궁금하고 언제 만나도 편한 이웃사촌으로서 서로를 보살피는 아름다운 관계 이상이 되었다.

J와의 첫 만남은 탁구장에서였다. 활달한 첫인상에 호감이 갔다. 더군다나 내가 제일 좋아하고 관심이 남다른 동갑내기이다. 언젠가 무더운 태양 빛 아래 골프장을 누비고 있던 그녀와의 재회는 상쾌하고 산뜻했다. 비록 지금까지 손꼽을 만큼 만난 사이지만 여러 해 동안 우린 카톡을 통해 많은 영상과 글을 나누며 관계를 이어왔다.

유머와 재치가 넘치는 그녀가 무엇보다도 나를 흥분시키는 것은 첼리스트라는 점이다. 훤칠한 키에 서글서글한 외모로 첼로를 연주하고 있는 멋진 그녀를 상상만 해도 나는 감동하고 만다. 팬데믹으로 막혔던 세상이 열리기 시작했을 때, 우리는 오랜만에 만났다. 단둘이서 실컷 대화를 나누고 싶었으나 2인 1역을 강조하며 우리 두 부부가 함께 만났는데 그 집 역시 연리지 부부 같았다. 뿌리가 다른 두 나무의 가지가 하나로 엉켜 한 나무로 자라가는 것을 연리지 나무라 부르니 정녕 노년의 사이 좋은 부부 모습이 아니겠는가. 우리는 같은 동네에 살고 있으며, 골프 부부로 한여름을 분주하게 지내는 공통점이 있어서인지, 모든 게 잘 통할 것만 같아 늘 안부가 궁금한 사랑스러운 존재다. 요즘엔 힘든 수술을 하고 정양중이지만, 가을이 오면 골프장을 누비는 그녀를 만날 생각에 벌써부터 가슴이 뛴다.

K는 나보다 두 살이 아래인데, 음성이 곱고 말을 예쁘게 하는 귀여운 여자다. 아니 행동도 예쁘게 한다. 아마도 그녀는 일 년 중 나와 가장 많이 만나는 친구일 게다. 왜냐하면 나의 골프 메이트라 시즌 내내 일주에 서너 번을 만나는 사이니 말이다. 원래는 친구의 친구였는데, 이제는 내 삶에서 떼어 놓을 수 없는 좋은 관계로 발전했다. 심지어 겨울 동안에도 매주 한 번씩은 함께 공원이나 골프장을 걸을 정도로 부담이 없는 관계다. 우리는 소소한 일상부터 살아가는 지혜와 지식을 소통하는 사이다. 그녀는 세상 살아가는 이치에도 밝아 나의 힘든 일이나 모르는 일의 해결사 역할도 기꺼이 해준다. 때로는 음식 만드는 노하우와 여분의 음식과 물건을 서로 나누기도 한다. 상대방에 대한 예의와 최선을 다해 배려하는 K 부부에 대한 우리의 애정과 관심은 남다르다. 그래서 벌써 5년째나 골프 메이트로서 돈독한 우정을 쌓아가고 있다. 나보다 잘하는 것이 많은 지혜로운 친구인데 조금도 비교하게 되거나 질투가 나지 않는 편안한 사이다. 우리의 남은 세월 동안 서로 다독이면서 기꺼

이 상대방의 우산이 되어줄 수 있는 관계이기도 하다.

새 친구를 사귀기 어려운 칠순의 나이에 내 삶 속으로 뛰어든 이 세 여자로 인해 요즘은 행복할 때가 많아졌다. 그렇지 않아도 오랜 세월 진솔한 우정을 나눠온 좋은 벗들이 여럿 있는데 또다시 덤까지 얻다니 나는 정녕 복이 많은 사람이다. 노년의 삶을 함께 즐길 수 있는 친구들이라 더 감사할 뿐이다.

노년의 친구란, 그저 만나는 기쁨을 만끽할 수 있을 만큼 흉허물이 없어야 한다. 있는 모습 그대로 인정해 주고받아 줄 수 있어야 한다. 만나면 부담 없는 대화로 서로 다른 면을 비판하는 대신 들어주고 관심 가져 줄 수 있어야 한다. 무엇보다도 서로 잘난 척할 필요도 없고 따질 필요도 없는 편안한 상대여야 한다. 우리를 살아가게 하는 힘이 신앙과 사랑에서 온다고 평상시 생각해 온 나인데, 역시 우정의 힘도 삶의 큰 윤활유가 됨을 흐뭇하게 경험하고 있다.

이 나이에도 만나면 가슴이 뛰고 마음이 따뜻해지는 세 친구로 인해 살맛 나는 세상을 새롭게 즐기고 있다. 노년의 아름다움은, 아니 인생이 빛날 수 있음은, 나이와 관계없는 편안한 우정에 있음을 새삼 일깨운다.

골프 유감

오랜 세월 동안 관심갖지 못했던 골프를 즐기기 시작한 지도 여러 해가 되었다. 이제는 은퇴 후 남편과 함께하는 취미활동으로는 제격이라고 생각까지 바뀌었다. 뜨거운 태양 빛 아래 푸른 잔디 위에서 친지들과 즐거운 대화를 나누며, 유쾌한 운동까지 겸하는 건전한 여가 활동이라고 여길 만큼 생각도 달라졌고, 또 좋아도 한다.

은퇴를 결심했을 때만 해도 소박한 꿈을 갖고 있었다. 배우고 싶은 공부에도 도전하고, 새로운 취미도 키워가며, 여가 활동으로 사회봉사에도 적극적으로 참여하고 싶었다. 그러나 골프를 유난히 좋아하는 남편 따라 골프장에 따라나선 후부터는 어느 활동도 병행할 수 없는 실정이 되고 말았다. 골프에 소요 되는 시간이 길어서 원하는 다른 이상적인 일에 정기적으로 참여할 수도 없고, 무엇보다도 내 체력의 한계로 다른 활동을 시작조차 할 수 없어서 항상 마음이 무거웠다.

한번 꽂히고 나면 온 마음과 정신이 끌려가는 게 골프다. 마땅히 다른 삶을 공유할 수 있으면 좋으련만 그게 쉽지 않아서 나는 늘 갈등과 마주했다. 어쩌면 그것이 골프의 매력이라고 말할 수도 있겠지만, 요즘은 멤버십에 등록해 놓고 억지로 끌려다니는 형세라 한심할 때가 더 자주 생기고 있다. 피곤해서 가고 싶지 않은 날에도 억지로 따라가야 하는 모양새니, 철창에 갇힌 새처럼 자유를 잃은 듯 불만에 쌓일 때가 많아졌으니 말이다.

그럴지라도 한인 노부부 골퍼가 많은 점은 긍정적으로 바라본다. 누가 뭐라 해도 부부가 함께 즐기고, 함께 운동하는, 건전한 취미의 하나로 여겨진다. 왜 다른 외국인에 비해 유독 한국인은 부부 골퍼가 그리 많은지 돌아보니, 부부애가 남달라서 그럴 거라고 생각하지는 않는다. 굳이 따져보자면, 비즈니스(코너스토어, 세탁소)를 부부가 오랜 세월 함께 운영했기에 은퇴 후까지 자연스럽게 같이 여가를 즐기게 된 게 아닌가 싶다.

치열하게 생업을 이어갈 때는 거의 남편들만 골프를 즐겼는데, 은퇴 후에는 서로의 건강과 가정의 화평을 위해서 공동의 취미생활로 자리 잡은 게 아닐까. 하지만 많은 골퍼가 지역사회 활동에는 거의 참여하지 못하면서 오직 골프에 집중된 삶을 살아가는 것이 결코 바람직하지 않다는 의견에는 긍정하지 않을 수가 없다. 어떻게 보면 이기적이고 미래 지향적인 삶이 아니라는 맥락에서도, 내 안에 숨어있는 갈등에 불을 지필 때도 있다. 그렇지만 자신의 건강과 즐거움을 챙기기 위한 노년의 특권을 누린다는 점으로 바라본다면 누구도 돌을 던질 수는 없으리라. 어느 누구든지 자신이 좋아하고 행복해질 수 있는 일을 찾아서 살아야 할 때가 노년의 삶일 테니 말이다.

때때로 골프 애호가는 나날이 넘쳐나는데 소시민인 내가 뭐라고 아직도 이런 심적 부담감에 시달려야 하는지 답답할 때도 있었다. 나 역시도 나만을 위해, 이렇게 누리며 편안하게 살아가도 되는지, 도의적 양심적으로 부담스러울 때가 있었으니 말이다.

그런데 오늘 어느 분과의 대화에서 작은 위안을 찾게 되었다. 평범한 노년의 오늘은 병원에 실려 가지 않고 하루 즐거운 시간을 보낼 수 있다면 그게 최상이라는 주장이다. 그래야만 우리 자식들에게도 부모가 심리적인 짐이 되지 않는단다. 기실 지금 이 시간이 건강하고 즐거우면 되었지 더 이상의 바람은 욕심이라는 말인데, 새삼 내 안에 미세한 파문을 일으켰다. 이제 나도 아무 부담 없이 골프를 마음껏 즐겨도 되는 것일까 하고.

얼마 전 위장에 탈이 나서 음식을 제대로 먹을 수가 없었다. 조금만 먹어도 속이 거북하고 머리가 띵해 오며 힘이 없었다. 할 수 없이 1주 정도 죽만 먹고 지내니 언젠가부터는 신경마저 예민해져 소리와 빛까지도 피로하게 만들었다. 하루 종일 누워있으면 온통 생각이 불편한 곳에 집중되어 도저히 다른 일을 할 수가 없었다. 하여 도움이 될까 싶어 골프장엘 따라 나섰다.

힘이 없으니 골프 카트에 동승만 할 생각이었으나, 막상 필드에 나가니 게임에 참여하게 되었다. 신선한 공기와 대화의 즐거움에 빠져 골프에 집중하다 보니, 어느새 내가 환자임을 잊고 기대 이상의 즐거운 하루를 보낼 수 있었다.

그 후부터는 회복도 빠르게 진행되었다. 또 지난 9월에는 필드에서 넘어져 왼 팔목에 금이 가는 사고로 몇 개월 동안 모든 일상의 활동이 제재받게 되었다. 6주간 깁스를 함으로써 고정되었던 근육들이 정상으로 회복될 때까지 수개월이 걸렸다. 하고 싶어도 아무것도 마음대로 할 수 없는 잿빛 시간을 보내며, 비로소 모든 일에는 때가 있고 그때가 항상 내게 보장되지 않는다는 일깨움을 절실하게 얻었다.

이제는 내 안에 숨어있는 골프에 대한 유감을 완전히 버리고, 내 몸을 마음대로 움직일 수 있을 때 마음껏 즐기자고 다짐하게 되었다. 여러 번의 수술을 거친 지인이 불편한 거동으로도 골프장엘 매일 나오며 "나 골프 안 치면 죽어요." 했는데 이제 그 말에 수긍이 간다. 심신의 건강을 유지하기 위해 가벼운 운동 삼아 매일 정기적으로 나온다니 공감이 갈 수밖에 없지 않은가.

내 시간과 내 인생은 스스로 관리하는 것, 인생이 모두 같은 길을 갈 수는 없지 않은가. 무엇보다도 젊은 날에 원하고 꿈꾸던 일들이 더 이상 내게 큰 의미를 주지 않고 있기에 더욱 그런 생각이 든다. 기약할 수 없는 먼 훗날보다는 지금 이 시간, 오늘 나를 즐겁게 만들며 나름대로 의미를 주는 일이라면 구태여 마음의 부담을 가질 필요가 없지 않나 싶어서다. 드디어 나의 오래된 마음의 족쇄로부터 자유를 찾았다.

엄마도 그랬잖아요

날이 갈수록 자식을 가까이 둔 친구들이 부러울 때가 많아진다. 명절 때마다 북적대는 식구들로 인해 몸살이 날 정도라는 지친 비명조차도 내겐 행복한 비명으로 들린다.

아마도 내 자식들이 멀리 살고 있어서일 게다. 나도 일 년에 몇 번은 자식들을 방문하면서 애들이 좋아하는 음식을 장만하고 나누는 기쁨을 누리긴 하지만, 그들이 비워 놓은 둥지를 채우기에는 턱없이 부족한 것 같다. 특히 노년에 이르니 딸과 함께 영화도 보고 쇼핑도 가고 외식도 하고 싶은 소망이 날로 더해가며 나를 슬프게 만들 때가 많아졌다. 엄마와 딸, 얼마나 아름다운 관계인가. 서로 닮은 꼴에 같은 삶의 여정을 걸어가는 피붙이로서 영원한 친구이자 모녀가 아니든가.

딸은 첫 직장으로 국제학교를 선택했다. 캐나다에서도 선택의 여지가 많았는데 굳이 해외로 나가려는 것을 막아보려 했으나 역부족이었다. 딸은 넓은 세계로 나가고 싶은 부푼 꿈이 컸다. 그 꿈은 아마도 대학 재학 중 교환학생으로 불란서에서 일 년을 보냈기에 일찍부터 유럽에 대한 관심을 키웠던 게 아닌가 싶다. 그렇게 시작된 이국에서의 교직 생활이 벌써 23년째다. 그간에 자기와 비슷한 삶의 가치관과 꿈을 가진 남자를 만나 결혼도 하고, 10년 만에 예쁜 딸도 낳았다. 이젠 세 식구가 그림같이 아름다운 알프스 정경을 눈앞에서 바라볼 수 있는 오스트리아에서 행복하게 살아가고 있다.

허나 어미인 나는 기다림에 지쳐간다. 그녀가 내 곁에서 살면 외할미 노릇하며 친정 어미로서 남은 인생을 서로 도우며 챙겨주며 애환을 나누며 티격태격하며 살아갈 수 있을 텐데 아쉽기만 하다. 매주 영상통화를 하며 살고 있지만, 그것으로는 만족스럽지 않다. 내 몸이 젊은 날과 다르다는 것을 인식할수록 한층 아쉽고 가슴이 쓰리다.

나도 늦게 깨닫긴 했지만, 효도란 가까이 있다는 자체만으로도 가능하다는 것을 내 딸은 아직 모를 거다. 무엇보다도 자식 일에 대해선 어쩔 수 없이 상식을 넘어서고 마는 보통 어미인 나는, 딸이 내 곁에서 하루에 충실한 유럽풍의 검소하고 소박한 생활보다는, 북미인들처럼 넉넉하게 소유하며 풍요를 즐기며 살아가길 바라고 있으니 말이다.

내 나이 24살에 캐나다로 이민을 왔다. 생전의 친정어머니께서 막내딸인 내가 얼마나 그립고 아쉬웠을까, 이제 와 짐작이 간다. 다섯이나 되는 며느리들은 아무래도 어렵고 편안치가 않아 속내를 표현할 수 없었을 터이니 만만한 딸이 얼마나 보고 싶었을까. 더군다나 홀로되신 말년에는 아들네 집을 전전하면서 인생의 고달픔을 어찌 달래셨을지 짐작하고도 남는다.

어머니가 살아계실 때는 녹록지 않은 이민의 삶을 살아내느라 자주 찾아뵙지도 못하고, 아니 오히려 내 삶에 빠져 거의 잊고 살다시피 했으니, 아직도 가슴에 남아 있는 한을 누구를 향해 탓하겠는가.

이제 이국에서 살아가는 내 딸과 젊은 날의 내 입장이 똑같다 보니,

자나 깨나 나를 짝사랑했던 친정어머니 생각에 딸에게도 원망을 못 하겠다. 비록 내 딸이 여름방학 동안을 캐나다에서 보내고 돌아간다고 할지라도 내겐 아쉬움만 돌덩어리로 남을 뿐이다.

딸을 곁에 두고 싶은 마음에 언젠간 반드시 돌아오리라 믿고 기다림이 당연하다고만 생각해 왔다. 그래서 이번만큼은 딸 집을 방문했을 때 꼭 그녀의 확답을 듣고 싶었다.

"언제쯤 캐나다로 돌아올 예정이니?"

"……."

"나도 아빠도 이제 노년이라 네가 가까이 있으면 더 행복할 텐데…."

주책없이 목이 메어온다.

"엄마, 나도 우리 가족이 매우 그리워요. 친구들은 이곳에도 많고, 캐나다 친구들은 여름방학 때마다 만나니까 그리 아쉽지 않아요. 단지 우리 가족이 가까이 살면 좋기는 하지만 우리의 삶이 따로 있지 않나요?"

전혀 돌아올 생각이 없는 딸을 바라보며 끝내 내 눈에서 뜨거운 것이 떨어져 내렸다.

그때 당황한 딸이 지나가는 말처럼 한마디 더 한다.

"엄마도 그랬잖아요…."

이 뜻밖의 말에 나는 비로소 깨어났다. 그래, 나도 그랬지. 한국을 떠나 벌써 50년 넘게 캐나다에서 살아오면서, 친정어머니를 애절하게 그리면서도 내 자식과 남편만을 끌어안은 채 잘 살아오지 않았던가. 그날은 이중의 슬픔에 빠져 허우적거렸다. 어머니 돌아가셨을 때도 가보지 못한 불효로 일생 동안 슬픔 없이는 어머니를 그리워할 수가 없는 나와 언젠가 나를 가슴 아프게 그리워할 딸을 떠올리면서 말이다. 그리고 다음 날부터는 딸이 내 곁으로 돌아오지 않음을 기정사실로 받아들이며 살기로 마음을 단단히 먹었다. 더 이상 슬퍼하지도 괴로워하지도 기다리지도 말자며, 딸을 향한 내리사랑만 간직하고 그녀의 행복만을 기원하며 살아가자고 다짐하고 또 다짐했다.

　내 안의 소용돌이를 잠재운 딸의 한마디가 화살이 되어 가슴에 박혔다.

　"엄마도 그랬잖아요."

chapter_6

At the Country Train Station

Cocktail Party

Translated by Richard Rho

At the private school, parents are occasionally invited to dinner. Given our lives revolve around taking turns manning our convenience store, we often miss out unless it's a special occasion. Yet, sometimes we can't avoid it, like when our son receives an award or is involved in a school event.

One day, we received an invitation to a cocktail party from the headmaster himself. Reluctantly, I noted the fine print requesting a call if we couldn't attend. Generally, we'd call if we could attend, but this seemed like a mandate to show up, so we decided to make the time. Cocktail parties are always foreign to us; we don't drink, and small talk with strangers isn't our forte. Plus, our less-than-perfect English and cultural differences only add to the discomfort.

Upon entering, a handshake with the greeting headmaster couple confirmed our mistake. The crowd filled the hall, their chatter daunting. Not a single familiar face was to be found. Hoping to at least spot another Asian face, we searched to no avail – only we stood out with our dark hair. It was embarrassing. Sweat began to break out; we felt small and out of place. The towering figures, gathered in circles of five or six, seemed impenetrable to us. Eventually, we found ourselves stuck in the center, surrounded by a forest of people with no way out.

I was clutching a diluted cocktail, and my throat parched. My usually brave husband kept uttering "Excuse me!" and plowed through the crowd to the buffet. It was there we managed to converse with a few individuals, but I blundered when one gentleman introduced himself. For some reason, my own name escaped me. As if afflicted by amnesia, I found myself introducing 'Mrs. Ham,' a traditional Korean form of introduction, which left me red-faced. It was as uncomfortable as wearing ill-fitting clothes.

"Mom! Who did you meet?"

My son's curiosity was palpable. Still flushed and embarrassed, I replied coolly, "Oh, Mr. Henderson, Mr. Smith, Mrs. Johns, Mrs. Wright…."

"Did you enjoy it?"

His doubt was evident when he asked again.

"Yes, it was very interesting."

He sensed my lie immediately. I had no choice but to recount the night's wanderings in the human forest and my lapse in memory. We laughed heartily, but the pain in my heart wouldn't subside.

We, who can communicate with just a smile, are not the type to barge into conversations or groups of strangers. Why should we aimlessly wander for hours, repeating the same phrases like parrots, in what's deemed Western socializing?

Seated comfortably, opening our hearts, and laughing the night away is our way, but we were foreigners to them, like oil on water. Maybe it was our black hair, our lack of social status or just our inferiority complex, but the sense of rejection was palpable. A stark feeling of being the other. I hoped this pain would end with our generation. The fear that our second-generation children might still be treated as outsiders, despite being born and raised here and receiving the same education, was troubling.

The path is singular. I never spared encouragement for my son. Although we first-generation immigrants might not yet blend seamlessly with Westerners, I assured him that a confident world awaited him, one that would make his parents proud. Our saplings will one day bear beautiful flowers and fruits, I told him, tapping his back, introducing him to the proud Koreans, urging him to be a knowledgeable and proud Korean himself.

Finally, as I cradled my son's large hand, I felt reassured, and I was able to rest comfortably for the night. I resolved that I would attend the next cocktail party with confidence, even if I were to forget my name again.

(1989)

Musical 'Oliver'

Translated by Richard Rho

My Christmas stocking says Mommy. It's written by my daughter in swirly and glittery letters, and fills me with warmth. It's a term of endearment that never fails to melt my heart. Tucked inside my stocking are small treasures from my family, little surprises I truly adore.

It's a tradition every Christmas: the family gathers early morning to open these stocking stuffers. It's a cherished Western custom, reuniting the scattered brood to share tender moments long neglected. The stocking, brimming with little inexpensive gifts, is secretly and lovingly filled, each purchased or created with thoughtful intention.

This year, nestled among the usual gifts, was an unexpected treasure: tickets to the musical 'Oliver,' currently playing in Toronto. A surprising gift, it elicited from my son a triumphant cheer, plunging us all back to cherished memories.

When my son was in sixth grade, his school decided to stage 'Charles Dickens' 'Oliver Twist.' I had always taught my children that, as Koreans, we must excel in everything to earn recognition in Canada. Perhaps it was this belief that emboldened my son (and me) to always strive and to believe, unconditionally, in his potential for a leading role. I instilled in him a sense of confidence, despite not looking the part nor having the personality of the character he was auditioning for, and despite his singing, memorization and acting skills.

Much to my surprise, he was assigned a minor role—the doctor who examines Oliver and utters but a few lines. A role so minor for an individual so accustomed to success. His disappointment was profound, his first experience with set back and frustration, equaled only by my own wounded pride. I was afflicted with the delusion of my son's infallibility, and in my disappointment, I even blamed racial prejudice.

The pain of this first disappointment was immense for him, given his young age. Watching my son trudge through post1class rehearsals for two months, burdened with gloom, was difficult. I had to muster his encouragement, hold his hand and reassure him that the role was not what mattered, but his participation was our pride. I convinced myself that the role of the doctor was a thoughtful consideration by his teacher, suited to his nature, and this thought consoled me.

Then, there was an unexpected turn of fortune. The student playing Mr. Bumble, the cruel and callous orphanage keeper, struggled with his lines. My son seized the opportunity to step into a role he had secretly mastered. His subsequent success, after initial despair, was all the sweeter. Our family rallied, rehearsing lines and melodies, until every part, especially Mr. Bumble's, was second nature.

On the day of the performance, the school auditorium was packed. My son took the stage, garbed in dual-toned cape featuring a black exterior and a red interior, tall black boots, a black hat with a gold rim large enough to dwarf his face and maybe better suited for a Royal Guard Captain, wielding a black cane taller than himself. It was a moment of pride and trembling joy, though not without its mishaps. His voice cracked, a momentary lapse, unnoticed by the audience, and he narrowly navigated the role of Mr. Bumble.

Since then, the musical 'Oliver', with its blend of initial frustrations, fortunate turns, prideful moments and even some mistakes for my son, has remained a beautiful memory for our family. It's probably why my son could not simply walk past an advertisement for 'Oliver,'then showing.

Onstage, professional actors are delivering flawless

performances. Beside me sits a robust young man, my son, the un-experienced protagonist in the one-off performance of life. Despite his mistakes and trials, there's no understudy in this one-way passage. I hope he shines in his leading role, delivering lines with command and charm, his performance full of effort. Someday, I long to watch my grandchildren perform in 'Oliver.'

(Written in 1999)

* My son, now married, has named his own child Oliver.

Siblings

Translated by Richard Rho

From the early morning, there's a gentle buzz coming from my son's room. My daughter is undoubtedly chatting away with her brother. She believes, no matter the hardship, as long as her brother is by her side, there's no need for worry. It's this trust that has her happily running errands for him, even if at times she's pained by his exploitative antics.

Sometimes, watching these affectionate siblings, I'm struck by a sudden, though inappropriate, sadness, contemplating the inevitable day they'll be left alone in this world. As someone who grew up as one of eight, the loneliness I feel when alone grips me—was it enough, just the two of them? Unlike our childhood, marked by desires unfulfilled and the sting of poverty, they are like greenhouse flowers, growing without knowing such pain. I wonder if I should've given them more siblings to lean on, to share the joys and sorrows, despite the difficulties of raising a larger brood.

If I ever envied anything in my youth, it was those with young mothers. I longed for a mother who wore makeup, styled her hair in curls, dressed in elegant dresses and wore stiletto heels, holding a flower—blooming umbrella. I admired the way they walked, their hips swaying like cosmos in the wind. As I was the seventh of eight children (6 boys and 2 girls), my mother, well into her fifties, was more like a grandmother, her head adorned with a traditional chignon.Even the boasts of new clothes or school supplies never fazed me, but I faltered when kids flaunted their young mothers.

Then, a cunning thought struck me. Most of these children were eldest daughters with only younger siblings. I had five older brothers—a wealth of brothers! So, I boasted: "You have no brothers. I have five, five!" I spread my fingers wide in front of their noses, sticking out my tongue slightly in pride. No longer did I envy others for having young mothers in pointy shoes and shiny lipstick.

But the five brothers I once flaunted have dwindled to two. Three left this world too soon, in their fifties. There was a time when I felt those brothers were my whole world, my rock, just as my daughter does now. I feared no police officers nor thugs. During my childhood, I would shadow them throughout the day, babbling endlessly without realizing how patiently they indulged my mundane stories about school, church and friends.

As I grew, I became the useful little sister—delivering and even ghostwriting love letters, sewing name tags and badges on school uniforms, ironing pants. When they were scolded and sent out, I'd sneak their belongings to them, covertly unlatching locked doors. We shared midnight snacks—rice mixed with kimchi, sesame oil, red pepper paste and crumbled seaweed.

As we grew older, like a leaf in autumn, my affections changed, and I left to follow my husband. I began to treasure my own family, neglecting my birth family, assuming no news was good news. But love needs to be nurtured, not neglected.

Now, at an age where I begin to understand life, the unrepayable debt of love weighs heavily on my heart, often moving me to the verge of tears. I once thought the future was eternal, but having lost three brothers, the finite nature of time haunts me. Proximity breeds complacency, distance a constant yearning.

Love seems not to flow upstream. I, too, have fixated on love received, not given. I fear that the outpouring love may cease with me, especially as I become stingier with my affections with age.

On my daughter's birthday, my son handed her a card with a smirking bear on it, saying, "I may annoy and pester you, but isn't that what brothers are for?" Despite the teasing words, she was touched. As she tried on the earrings he gave her, lingering in front of the mirror, I moved quietly to the phone.

"Oppa! [1] It's me!"

"Huh, what's up?"

"Just wondering⋯."

"Everything okay?"

"Yeah⋯."

Without any real sorrow, I suddenly feel like crying in front of my brother.

(1988)

---

1) "Oppa" means "an elder brother or a close elder male friend (of a female)" in Korean.

At the Country Train Station

Translated by David Kim

The train has not arrived on time. The train comes in and leaves from Port Hope train station only once a day. That is why it has no station master and its waiting room is almost empty throughout the year. The station is built of heavy stones and has a strong foundation, showing that at one time, Port Hope was an important harbor city. Whenever I come to this station, I cannot help but feeling all kinds of sentiments arising from the bottom of my heart. Some of them are too vague to be expressed, but others are clear enough to be grabbed. As I'm waiting for the arrival of the train, all those feelings seem to soar out of Lake Ontario which lay behind the forests across the train station.

Toronto is the city which I landed in as an immigrant, and where I lived for more than ten years before I moved to this small country town. I was a new immigrant who was trying to settle down in a foreign country when my two children started going to school. However, I was sure that by the time my daughter went into Grade 6, we would be established in a comfortable life, and free as the birds flying high in the sky. I never expected that I would have to migrate once again to this isolated country town. As a woman in her late thirties, I felt as if I were trapped, my life full of agony and disappointment.

It was at that time when I met people who were interested in writing. In a way, they were my saviors, luring me out to the city. I always went to the city by train as it took only one hour to get there. Yet it seemed to me an endless trip during which my dreams and reality intermingled. When I got off the train, Sister H would approach me. She was always waiting for me at the train station to make sure that I didn't get lost in the big city. I regained my vitality and even enjoyed the fuss and disturbances the crowded city produced. When leaving the city, Sister H accompanied me back to the platform wicket, and grabbed my hands tightly without saying anything before letting me go. That was her way of encouraging me to meet my new life in the small country town. Such love toward me touched my heart. In the train, on my way to my new home town, I attempted to empty my head of the noise from the big city. At the same time, I attempted to grip the time that was running away from me.

My husband and children used to wait for me at the train station. Once together at home, I could wake up from the dream of a trip to the city I and fall into a deep sleep. The next morning, it was like I had never been to the city at all. Now although I have adjusted to small town life, the train still holds special meaning to me. This train station has become my mind's exit whenever my inner longing for the city captures me. That is why I hope people who want to visit me make a trip to this town by train. I want to wait for my visitors at this country train station, ready to greet them.

The train has not arrived yet. I am waiting for my daughter who used to wait for me when I was coming home from Toronto. I may have to wait for my children as I am doing right now for the rest of life, just like sunflowers long for the sun. "Mom, this song fills my heart," my son said to me one day, as he was playing on his guitar. That particular song was called "Cat's in the Cradle," which is about the relationship between a father and a son. In the song, the father was too busy to pay fatherly attention to his little boy. The father couldn't be with his son even when the son really needed the father. And yet the son wanted to be like his father when he grew up. But when the son became a teenager, he was more interested in his father's car keys than the father himself. When he grew up, he left home, got married, and became a father himself. Whenever his old father called him, he did not have enough time to speak with him because had to look after his family and his business.

This song tells us about one true aspect of life. While growing up, the little boy had to wait for his father who was extremely busy with what he was doing. When the boy became a man, his old father had to wait for his busy son. Waiting is the main process of life. We wait for our children's weaning, their entrance to school, their university graduation, and their marriage. When our children get married, we wait for them to visit, because we want them to come to see us as often as possible even though we know they have their own lives to live. After all, we are waiting for the final day of our life. While going through this whole waiting process, our lives ripen, then fade. Yet we can have hope only when we wait. Because we have hope, we can wait, and waiting is bearable too.

Finally the train comes and interrupts my stream of thoughts floating on the ripples of the lake. I looked for a round-faced tiny girl wearing a diaper toddling toward me.

However, instead, it was a grown woman who approached me with big strides and asked, "Mom, what are you thinking of?" Mixed feelings of joy and weariness created an unexplainable loneliness that began to spread quietly within myself. Momentarily, I thought of one verse from Yoo, Shi Wha's poem, "I still long for you, even though you are beside me." At that moment, this is what I felt toward my daughter. And then, once again, the country train station regained its silence amid the winds of the lake.

(1998)

The Empty Space

Translated by Richard Rho

On a rare occasion, I ventured to Ottawa, where my children dwell. The heartache of brief, day-long visits since their college days, always returning with a sense of insufficiency and longing, was replaced by elation at the prospect of a two-night stay this time. Though frequent calls kept us connected, the thrill of sharing maternal affection while surveying their lives was akin to the excitement of a picnic outing. The romanticism of a train journey further sweetened my anticipation.

Trains conjure memories of women from my childhood, burdened with bundles as they set out to visit their offspring. Our mothers' parcels, laden with assorted side dishes and hometown delicacies, seemed overwhelmingly hefty and vast, when compared with their own stature. In contrast, my single bag, sparingly packed with clothing, hardly befit a mother. I couldn't help reflecting on this Westernized image of myself and the fact that I hadn't dared to bring Korean food with me, fearing the critical eyes of Westerners. Instead, I yearned to indulge in maternal duties once I got there: cooking their favorite dishes, tidying neglected corners of their home, and so on.

The three-hour journey passed blissfully, with my mood influencing the perception of the serene landscapes whisking by, eliciting overwhelming gratitude for Canada's blessed natural beauty. Stepping out of the train station, my children took the lead with eager plans in hand. They were keen to make sure I soaked up every moment of my vacation, while they showed their love by taking care of me.

Yet the agenda was hectic, straying oddly from my initial intentions, leading me into a void of emptiness. Why did my children's home feel so alien? My efforts to cook were gently rebuffed; the pantry lacked the familiar staples of Korean cuisine, with a preference for Western fare taking precedence. They urged me to eschew all laborious tasks, to truly rest during my vacation. And when I yearned to tidy their abode, I found that my hands were tied, as they had already etched their own order into the space. I felt less a mother and more a guest. Both were yet unwed, yet a faint sense of unfamiliarity was already casting shadows between our worlds. I couldn't shake the thought of how much more pronounced this divide might become when they weave their lives together with another's in marriage. My offspring, once extensions of myself, embodiments of my love and dreams, now possessed their own independent realms, separate entities capable of thriving without me.

Since my forties, I have practiced releasing my children into the world. Yet, as I bid farewell at the train station, the realization of another river yet to cross struck me with a sense of desolation. They were no longer mine; their capable independence without me was more a source of a mother's pitiable vacancy than pride.

Overwhelmed by emotion, I settled into my seat as the pent-up sentiments of the past two days burst forth. I donned sunglasses to veil my tears, yet one sorrow tailed the next in a relentless procession, culminating in the recollection of my mother. Only now did I truly comprehend the depth of her heartache, forever parting from her children on Canadian soil, destined not to reunite. The human limit of understanding without experience enveloped me in a quagmire of sorrow, rendering me incapable of emotional restraint for over two hours.

As the familiar roads came into view through the train

window, memories of my children filled me anew. The wonder of their birth (ah, how they resembled both my husband and me in just the right ways!), the thrill of the first "mommy," the astonishment of their first steps, the emotion of their first tooth, the pride of their accolades. Despite the strife and confusion of immigrant life, they had delivered happiness, pride, and anticipation. Perhaps, their portion of filial duty was sufficient in just that. They've now taken the baton, continuing the lineage through their own lives. Life is a tapestry of birth and death, arrivals and departures, laughter and tears, triumphs and losses, all intersecting. Thus, there's no place for further sorrow, only the need for maturity to embrace the season.

At the train station, my husband awaited, the realization that he alone would share my remaining days filled me with immeasurable gratitude. Now, solace comes from the words of 'The Shell Seekers': "Children cannot truly become adults while their mother lives." Indeed, a mother is an eternal homeland, nestled in her children's hearts, regardless of age.

(2008)

The First Night of Immigration

Translated by Richard Rho

Every year, there's a day I remember almost as naturally as my birthday: March 16th. It marks the day I first set foot on Canadian soil back in 1973. At that time, Canada was a country I longed for just by hearing its name—a place where they pay you to learnEnglish, guaranteed jobs and low unemployment, boasting the world's best social welfare system and a country blessed with endless natural resources.

On that immigration day, my husband met me at the airport, looking worn out like a patient who hadn't slept for days, with eyes sunken in exhaustion. Amidst the joy of seeing each other after six months, a sudden doubt crept in. Even though I tried to blame the delayed flight, his appearance made me anxious. We had a late dinner prepared with care at my brother—in—law's place, and we talked about Korea well past midnight. My husband and I had spent six months apart just a year into our marriage, longing for each other day and night.

Something was amiss. I noticed countless scratches from his shoulder down to his wrist, as if he had been through a fight. He had lost weight, and his tiredness hinted at something troubling. He used to write often, assuring me not to worry because Canadian food was nutritious, facilities were convenient, and he was in good health. Wasn't this supposed to be the hopeful path of immigration that was the envy of others? Wasn't this the hopeful paththat should help to overcome the sadness of leaving my parents, brothers and sisters? When I asked, he replied that he was assembling small parts in a car factory where a car was produced every three minutes. Twenty cars in an hour, 160 in eight hours, and 200 in ten hours of work. It wasn't about people conveniently using machines; it was about people becoming slaves to machines. Only a week into this job, his hands were swollen and sore, and he was unable to even clench it into a fist.

Tears streamed down my face in disappointment and regret. Just a day ago, I was in my own country where I could speak freely, move around independentlyas well as having a job. I had family and friends who could protect and support me. Now, here I was in a foreign land, rendered mute, deaf and feeling lost and alone, needing to start anew. If only I could go back, or better yet, if this were only a dream. My bewildered husband tried to console me, assuring me that enduring this temporarily hardship would secure our future.

That night, to my surprise, my husband suddenly rushed out. He had to go to the house of a colleague who would give him a ride to the factory as it was on the outskirts where the bus route didn't reach. He had to take a bus and a subway for over an hour, even though it was 3 am. The sweet dreams of a honeymoon and a joyful immigration experience shattered on the first night, as my husband left me and our son at my brother-in-law's place. And to think, we wouldn't see him for three days. The distance between the factory and his residence was too far without a car, so he would spend three days at his colleague's place because commuting by bus and subway after working ten hours a day was too exhausting.

I couldn't sleep that night and the subsequent nights, feeling like I was adrift in darkness. I felt completely lost, not knowing how to survive in this new unfamiliar land. Finally, on the third day, we moved to a small apartment my husband had arranged in advance. It's been 36 years since then.

We, who once considered youth as wealth and were not intimidated by hard work, now in our sixties, lead a life with a Western son-in-law and a Western daughter-in-law. Our son, who used to whimper all night as if he understood his mother's anxious heart, is now a father of two. Our life here, which started with a mere $250 in our pockets, has become more than enough, as long as we were not greedy. Nevertheless, these years were not easy. They were the result of extreme diligence, perseverance, patience, and enduring infinite hardships. The more I think about it, the more grateful I become. How abundant our lives have been! Because we were healthy, we could work without being bedridden, and because our hearts were modest, we supported each other and lived in harmony. Even though we couldn't provide much, we gave birth to kind and intelligent children who now live the lives they desired.

Life indeed has its order. When you gain, you lose; when you lose, you gain. Although Inow live in abundance, why doesmy heart feel emptier and my spirit impoverished day by day? In the empty chamber of my heart, there are no more shining dreams or grand visions, just a sinking feeling of emptiness. Ironically, during those humble and impoverished times when we struggled to adapt to immigration and survive, there was a surplus of small joys and delights.

Sometimes, I recall that dark first night of immigration and realize I need to release myself while remembering it.

(2009)

The Sad Name: Mommy, Mother and Ma'am

Translated by Richard Rho

"Moooooommy, Mommy, Mommy!"

There was a time in my childhood when calling it once wasn't enough; I had to call it out two or three times to feel relieved inside. 'Mommy' was the name for the joy that would magically fill my heart whenever I called it. 'Mommy' was the name of the magician and goddess of happiness who filled my world of innocence. She was the only one who could bear all my sadness, pain and suffering at once, my mom.

During our impoverished days, I never truly owned anything of my own, but my mother was all mine to me. She turned fear and worry into courage and solace, and the day I started calling her 'Mother,' I learned sorrow.

When I went on my honeymoon, I tasted the bitterness of sadness. I finally realized that I had to leave the nest of love created by my parents who gave birth to me and raised me. It wasn't until after the busy wedding ended that I understood what it meant to become someone's wife. And belatedly, as I remembered my ungrateful childhood and fell into regret, I called her as soon as I arrived. "Mother… I arrived safely." Finally, I awkwardly called her 'Mother' —the formal greeting of a parent— for the first time and choked up.

After giving birth to my first child, I experienced deep sorrow alongside the joy of having a son. It was because I finally experienced the physical pain of childbirth that my mother endured for me. I understood the secrets of creation and the mysteries of love that connected me and my son to my mother, feeling sorry for what I couldn't repay her. Joy and sorrow always coexisted like this within me.

As my experience in married life deepened, and my life started resembling my mother's, I always carried my mother in my heart. Sending my son off to boarding school, I understood my mother who shed tears, sending her children off to foreign countries, and dealing with my rebellious teenagers made me recallmy own childhood when I rejected my mother through disobedience and caused her pain.

Lying down in pain, I felt remorseful for my past indifference to my mother's illness. I came to understand her sincere efforts, serving delicious dishes only to her children, neglecting herself and ignoring her own desires. Later, as marital conflicts became more common, my nagging intensified.Sometimes, even my children seemed tiresome, leaving me fatigued with life and I, unknowingly, began to address my mother as 'Ma'am,' a name laden with heartache and longing with each utterance.

It was in the fourth grade of elementary school. My mother attended a parents' meeting for the first time in her life, and I was so proud of her that I couldn't go home and wandered around the playground. Shortly afterward, filled with anticipation and joy, I peeked into the classroom through the window, only to feelutterly ashamed and embarrassed. My mother, who already looked more like a grandmother among the young and beautiful mothers, was dozing off. But this sad incident now reminds me of my poor mother throughout my life. What did a parents' meeting mean to my mother at that time? How tired, drained and weakened must she have been, to be sleeping on the hard and uncomfortable elementary school chair? It's shameful how I live my life, reaping the benefits of science andmodern civilization and yet feeling tired and irritated, even getting annoyed at life's smallest inconveniences.

Last summer, during a rare visit to my home country, I bid farewell to my mother, perhaps in what would be our eternal separation. I held my mother's hands, once my 'healing hands,' now dry and thin, and our two bodies became one as we remained in a silent embrace for a long time. My featherlight, 84-year-old mother hugged me once again, as she did when I was a child, and I was swept away by a river of sadness.

During my stay, we shared the same bed. Each night, despite trying to conceal it by turning away, her tears were evident. When I awoke at night, I often found her softly stroking my hand, silently swallowing her sorrows. Saying goodbye to her at the door, hurriedly due to the hour, was regrettable. As I glanced back, seeing her diminish in the distance, I couldn't help but hold her close in my heart and make my way back.

Even though it's only been two months since my visit, I often forget my mother, buried under my own family's needs. I rationalize that love is supposed to flow from top to bottom, that raising my children well is my duty and my way of showing filial piety to my mother.

But every time I remember, oh, the sad name that makes me cry!

Even in my dreams, oh, the sad name that makes me weep!

Mother!   (1988)

A Mother's Heart

Translated by Richard Rho

The stubborn chill of the past winter begins to cower as a warm spring breath races across the land. From an indefinable somewhere, the sound of melting snow reaches even through closed windows. Yet, it seems too soon for the small birds, the proprietors of our backyard, to return. I peer out at dawn and dusk, secretly hoping to see them, for in their company, I often encounter my mother and daughter.

My mother, already with five sons and a daughter, was pregnant again. One day, exhausted from labouring in the fields, she took a moment's respite indoors. As she lay there, melting into drowsiness, a rustle sounded. Through a hole in the window, a tiny bird had slipped inside. It was endearingly lovely. Mother wished to cradle it, if only once, but the bird, skirting just beyond her grasp, circled the room and then, finding the hole again, vanished as quickly as it had appeared. She was left staring through the open window into the vast sky, where it had disappeared.

It was said to be a dream portending my birth. My grandmother often warned that I might have a short life because of that dream. Yet, now Mother believes it foretold my journey to distant Canada. Like that small bird that flew into the unseen sky, I remain forever in my mother's heart. Though I've flown back to her thrice in the last 21 years, each time I've returned, merely causing a ripple in the still waters of her heart.

My daughter, soon to head to university in September, is my own precious little bird. She has filled the space left by her brother, who is already away at university. She's been following me around, chattering ceaselessly, and we've grown our love through minor spats over trivial things. Now, as she prepares to soar into the sky, I watch with an empty heart. She seems ready to flit away at any attempt to catch her, and while I long to send her off with strength, there's also fear and a reluctance to let go of such a little bird. I wish to keep her by my side, to savour the joy.

I ponder the words of Kahlil Gibran:

"They come through you but not from you, and though they are with you, yet they belong not to you."

"For life goes not backward nor tarries with yesterday.

You are the bows from which your children as living arrows are sent forth." [2)

Mother was unwell when I saw her a few years ago; parting from her was not easy at all. Now, at eighty-seven, I hear she has regained her health since she started to care for my brother who was living alone, away from home. It's unbelievable that at an age when even her own care is burdensome, the chores of looking after her son have revitalized her. Mother, who felt regret for not being able to give us even more, who wished to bear our every sickness, to bleed in secrecy for us when we were hurt. Thus, in my life accustomed to the restrained love of the West, Mother shines like a beacon, a lone furnace that can melt and topple my fortress of ego. The debt of her selfless love is etched upon my heart.

I wonder how beautiful a "mother's image" I've planted in my own children. As they prepare to fly, I dread the judgment. A mother wearied by immigrant life, whithered, who has lost her beauty and rich emotions. A selfish mother who tends to herself first and lets her children grow wild as weeds. A heartless mother who substitutes material things for love and duty. A hypocritical mother whose faith does not

2) Gibran, Kahlil. *The Prophet*. New York: Alfred A. Knopf, 1973.

match her life. Whether my children warm at the thought of me, whether they can tremble, even slightly, with emotion—I cannot tell. Perhaps I've only sown seeds of disappointment and longing in their lives.

I only know this: The "mother's image" Mother planted in me is incomparable to what I have planted in my children. Yet, I wish to be their year—round sanctuary, a quiet lake that silently embraces everything and strokes their backs. The heart of a mother holds life's secrets. Through her love and sacrifice, I learn and live.

(1995)

Autumn Sorrow

Translated by Richard Rho

My granddaughter has been demanding my attention. It has been only five days since her birth, and she still doesn't know how to suckle properly, so she appears hungry, pretending to suckle each time. No matter how gently I stroke her back and sing to her, she continues to cry. Occasionally, she reaches to my chest, searching for her mother's breast. As I stand in for her mother during her brief absence, the baby's desperate cries gradually saturate me, akin to a gentle drizzle that leaves me drenched. In that moment, forgotten faces suddenly appear. As I think of them, those who must have pitifully searched for their own mother, my nose tingles, and my entire chest trembles with unrestrained emotion.

My niece, the eldest daughter of my older brother, and I lived together in the same house during our early years. With a three-year age difference between us, we were constant companions, sharing playtime, school days, and church pews. In the intimacy of our shared room, our hearts intertwined, fostering a deep bond that allowed us to entrust our innermost secrets as we journeyed through the tender years of adolescence. As she embarked on a journey towards marriage with a foreigner after completing her university education, I found myself navigating the challenging path of life as an immigrant in Canada. Even though we couldn't meet each other for several years due to distance and parenting commitments, she was my most beloved and cherished niece and friend. One year, she unexpectedly visited me in Canada and we spent a few dream-like days together. It was like we had never been apart. Thus, it was an overwhelming blow to lose her, precisely at the moment when she finally brought forth the much-anticipated son into the world. She passed away due to excessive bleeding. It was an unbelievable tragedy that she left behind a healthy son along with her two daughters. How could she depart from this world at such a tender young age? What would become of her three children? Overwhelmed by a profound sense of despair and anguish, I trembled with an intensity that reverberated through the depths of my being.

At that time, she had been residing temporarily in

Valencia, Spain, leaving her husband's war-torn country. She awaited childbirth while enjoying the beautiful scenery of the Mediterranean coastal resort. However, the niece who had waited so long for her son suddenly vanished in a foreign land at the age of thirty-three. She was a bright and talented individual, with a penchant for singing and theater. She had even majored in German literature, fascinated by the author Jeon Hye-rin, who had shaken the hearts of adolescent high school girls with her book "And She Said Nothing." She possessed singing skills no less than those of a professional singer, having performed Patty Kim's "Goodbye" at a university singing competition. Even after thirty years, I still can't bring myself to sing or even listen to her beloved song. How unfathomable it is that she departed from this world while giving birth, amidst an era of medical marvels and advancements.

She passed away in the third week of September when autumn begins. Although I received the tragic news in the middle of my daughter's birthday party, the circumstances at that time prevented me from attending the funeral. About thirty years later, my daughter moved to Barcelona, Spain, where she started working at an international school. It is truly ironic that she gave birth to my precious granddaughter in Spain, a country where I lost my beloved niece. On the plane to Spain and in the hospital waiting room, my heart was filled with anxiety. My niece, who left this world due to childbirth complications in that country, haunted my mind. I wondered if all mothers felt the same. Fortunately, my daughter had a safe delivery. However, Spain became a land of mixed emotions for me. It was a place of tremendous sorrow for losing my dear niece, and at the same time, a land of joy for my daughter, who, after ten years of marriage, finally bestowed upon me the precious gift of a granddaughter.

Today, as my granddaughter demands my attention, I think of the newborn son and two daughters my niece left behind. I regret not taking a closer look at how they managed to live through those difficult times. It distresses me that I could completely forget my niece, who was like a childhood portrait to me. As September arrives and the scorching summer heat subsides, a pleasant autumn breeze lingers. While autumn is often synonymous with falling leaves, vibrant hues, and expansive skies for many, to me, it carries a poignant sorrow, for it reminds me of the niece who departed this world like a fleeting gust of wind at the tender age of thirty-three, leaving behind an irreplaceable void in my heart.

(2015)

Mind Staging

Translated by James Min

As the sunlight got brighter outside, the air in the room felt heavier inside. I swung open the window for some fresh air. To my amazement, there were green shoots busting out from the gray stumps of the lilac tree in the back yard. Only a couple of days ago, they were nothing but lifeless sticks. Now, however, they were alive with new life. Though it seemed nothing was going on outwardly, there must always have been streams of life carrying sap from the tip of the roots under the ground to the top of the branches in the air. Imagining such endless activities inside of the tree released a sudden surge of relief from my tightly stuffed heart.

I remember the process my son took to sell his house last year. Even though the house was over 30 years old, it was in good condition when my son bought it since the previous owner looked after it quite well. But since my son got married and raised two kids in that house, it had become a completely different place. It was covered with stains made by the children. Walls were tattered. Every room was strewn with children's clothing and toys. Whenever I visited, I always busied myself tidying up their rooms until I was exhausted.

When I first heard about his plan to sellthe house, I became very anxious. I could not imagine how he could arrange all his household goods and be ready to make it marketable. Yet what a surprise it was! I forgotwhat younger generations could do! Certainly, they handle things quite differently from uselderly. It took only a week for him to turn the whole house into a seemingly new and fresh place. Coming home after work, he packed all the household goods, put them in public storage, and then painted the whole house all by himself.

Under the friendly guidelines and advice from the Real Estate brokers and Home Staging Agent, he refurbished and rearranged it to become much neater and spacious by replacing only a few basic pieces of furniture. He decorated the walls with scenic pictures instead of family pictures. He also replaced the other decorations in the house with generic ones instead of personal keepsakes. By doing this, it became appealing to anyone without invoking particular interest or creating a personal impression. The housesold within a week which was truly impressive! In fact, my son was able to sell the house for the price he wanted simply by rearranging the space, and without having to go through a major renovation. If I were him, I wonder what I would have done. It is no question that my only concern would be to clean up the house without spending any money. Consequently, selling the house would probably takemuch longer than desired.

A home staging expert is someone who helps the owner of a private home prepare for sale. The agent helps the owner remodel and redesign the interior of the house, so that it may become more attractive and appealing to the potential buyers. Their goal is to make a swift deal and more money.

Today, somehow the idea of home staging quite affected me. In a true sense, I can picture myself like an old house that is dilapidated and obsolete. As there are indelible marks of time and winds on the old house, there are also branding marks of self—will and ego in me. As there is no more freshness in color and shape in an old house, I too have become dull and callous in feelings and emotions. As there is an ambiance of complacency in the old house, so it is in me, a fear of change or desire to try anything new. If there are home staging projects in order to make the old refurbished, I may need a project of mind staging in order to be freed from my old self—image.

As home staging makes an old housemore spacious and cozy, I wish I could do the same in my mind. An open space concept seems to be very popular nowadays among home owners and construction agents. It certainly helps the house look spacious and have better views. Likewise, I wish I could remodel myself so I could have an open—mind and an open—heart. I dream that the interior of my heart is beautifully decorated and filled with the fragrance of art. Indeed, there is nothing worse than the scene of an old, dilapidated and abandoned house. This seems applicable to humans as well. Like an old house, we all need to be refurbished and remodeled to portray the spirit of openness rather than a stale stage of mind.

(2010)

chapter_7

The Story of a Korean Canadian

Monologue of a Convenience Store Owner

Translated by Richard Rho

Sometimes I get asked when I find time to write. Those
familiar with immigrant life seem to wonder. They must
think I rise earlier than most or stay up late to write. Thanks
to them, I'm seen as a diligent woman, one who lives with
determination.

Shamefully, I contemplate and write in my store. A pitiful
woman who engages in other tasks where money is earned.
However, I must confess that this diversion has been the
driving force of my immigrant life to this day. If I had solely
focused on earning money, I wouldn't have been able to run
this convenience store for 17 years. Not that I lacked
diligence. It's just that I didn't pour all my energy into it.
It felt unjust, meaningless even. So, despite the challenging
immigrant life where survival was tough, I sought what
money couldn't buy: true happiness, contentment, joy, love,
fulfillment and faith.

Lately, many 'economic immigrants' who run convenience stores are struggling. "How did you endure?" they often ask me. Immense are the disappointment and despair of those who used to enjoy the wealth of established middle-age back in South Korea. How can I answer them with just a few words? One thing that I can say, though, is that I am now enjoying my life in my own way. I wasn't like this from the start. I suffered severely from the Ulysses syndrome. There were times when I was so exhausted that I longed for death rather than face the turmoil.

But life didn't allow me to selfishly choose my own path, so I had to find a way to live. I decided to accept reality without regrets. Why did I immigrate? What was all my education for? Did I come to Canada only to run a convenience store? I wandered in confusion, wondering how my life would end. I turned my painful thoughts into positive ones, dismissing despair and adopting a positive outlook. I couldn't bear to live as a woman trapped in despairing unhappiness. I changed my mindset to stand tall on this land. I sought something that could give me strength and courage. I restarted hobbies and spiritual practices, diving into what I wanted to do and gradually finding peace of mind.

Despite my mindset, reality was never easy. I got caught

in price competition, hurt by tactless customers, discriminated against for being Chinese (even though I'm not) and had to endure unjust insults several times a day. Juggling raising two kids, household chores and running the store, I endured 17-hour days. Unexpected incidents often threw me back into an abyss. Through countless repetitions of this process, nevertheless, I forged my path forward.

At the store, I became the co-manager, and at home, I became the manager. While we couldn't clearly define roles and responsibilities as a couple in immigrant life, we had to divide tasks for efficient living. Within the structured norms of daily life, we found it easier to utilize our time.

As the years passed, the children grew up, and the store no longer feels as unfamiliar as it did before. Household chores have reduced significantly. I have more free time than ten years ago. Yet, old habits die hard, and there are still many things I can't do at home. Writing letters, simple reading, thinking and writing are among them.

Even if I deliberately set aside quiet time to sit at my desk and do what I've longed to do, it just doesn't work. Instead, I find it a whole lot easier to get lost in my own world amidst the hustle and bustle of the store, stealing moments to write. So, while my store is a workplace for survival, what makes it endurable is the other world of mine that it holds.

I don't consider business as my calling or passion, so there are times when I lose courage, and the Ulysses syndrome that I had suppressed for so long resurfaces. It still takes a few days of heartache before I regain composure.

I don't know when or how a new opportunity will come and create a new life for me. Perhaps I'll continue running this convenience store until retirement age. Even if I do, I intend to work with a bright and joyful heart. It's undeniably the foundation of a life where I nurture and train myself. How one perceives and accepts the current reality is the real challenge.

(2005)

The Story of a Korean Canadian

Translated by Richard Rho

The words of a friend who freshly immigrated from Korea resonate with profound significance. Those among us seasoned by many years of immigration life carry a peculiar aura, belonging neither fully to Korea nor to Canada. Indeed, this is understandable. Many remain ensconced in the Korean culture, emotions and thought patterns of the time they departed, starkly different from those who have lived through Korea's dazzling advancements into the new millennium.

Even those who have spent decades in this land, engaged in business and raising families, often find themselves on the fringes of the mainstream society, hindered by linguistic limitations, social exclusion and a cultural gap too wide to bridge. How could they claim complete Canadian identity? Immersed in the challenge of assimilating into a Western culture alien to them and yet preserving the Korean culture of the '60s and' 70s, they embody a hybrid, Korean—Canadian cultural realm, not fully belonging to either side. At times, newcomers from Korea might describe these longstanding immigrants as "original settlers," subtly implying both their prolonged residency and an association with an earlier, bygone era.

A Korean Canadian is a Korean national of Canada. Having lived 23 years in Korea and 30 year in Canada, Canada has undeniably become my second homeland. Yet, it feels neither entirely like home nor fully foreign even though I've grown accustomed to life here to the extent that the notion of retiring back in Korea is an impossibility. The second generation born in Canada, while sharing the "Korean—Canadian" label, differs significantly from us. They blend Korean into their Canadian lives, whereas we have sought to embed Canada onto our Korean existence.

Perhaps the motherland is akin to the comforting embrace of a mother's arms, offering warmth and solace, always desired as a place of return and comfort. Even now, encountering individuals of diverse skin tones, incomprehensible languages, unfathomable customs, and alien thought processes leaves me tense, which is precisely why labeling this society as my motherland feels incongruous. At the same time, Korea, without my parents, is no longer a place that offers solace, sometimes leaving me feeling with a loss of identity. It seems I will spend my twilight years here, on this land my children have roots in, for leaving would mean they, too, lose a piece of their heart.

This year marks my 30th anniversary of immigration. Unlike other years, my heart is heavy with reflection. In moments of quiet reflection, I contemplate the manner in which I've navigated life in this foreign land over the many years, assessing both my accomplishments and the goals that remain unfulfilled. The initial shock and despair of my first night as an immigrant remain unforgettable. Yet, that was merely the beginning, and its shadow has loomed over me ever since. Despite the sense of loss and helplessness, I am grateful for becoming who I am today.

The greatest loss in this land seems to be the abandonment of intellectual desires and dreams. Early compromises with demanding livelihoods and the surrender of improving language and social skills exhausted the energy of my youthful potential, leading occasionally to depression. Nonetheless, having navigated through life's tumultuous currents without notable societal status or recognized abilities, I count it a fortune to have enjoyed an ordinary life.

According to the Dalai Lama's philosophy of happiness, which finds contentment not in greed or asceticism but in a satisfied heart, I am indeed a fortunate being. Having lost and forsaken much, I have come to appreciate the extraordinary in the ordinary, to live thankfully for what I earn through my efforts instead of coveting others' wealth, and to confidently present my true self without superficiality. Doing my very best in everything despite my usually uneventful daily life has been the most valuable wisdom and philosophy I have acquired in this land. When I look for a friend or a neighbor, I've come to focus on a person's character and heart rather than their family background, education or job, which is one of the healthy and rational ways of thinking I've learned from this society.

Having aspired to soar and having been ensnared in the mire of loss, I am grateful for the resilience gained, finding contentment in any circumstance. Just as a tree adjusts to unfamiliar climates and soil, flourishing only after surmounting myriad challenges—from taking root and sprouting leaves to blooming flowers and bearing fruit—the journey is no easy feat. I have decided to cease evaluating my life by what was gained or lost; the process of living, which teaches and nurtures us, holds greater value. Instead of looking back, I embrace the future, aiming not for conquests but to savor the journey of life, pondering the unseen mysteries of existence with my heart.

Living is not about where we reside but about managing our allotted life within given conditions (in Korea, in Canada or anywhere else). As I mark 30 years of immigration, I open a new chapter in my personal Korean-Canadian story.

(2003)

Building A Dream

Translated by James Min

Adrian Clarkson was appointed as 26th Governor General of Canada. There was daily coverage of this event by mass media all over the world. On the television screen, one saw a typical Asian woman with black hair and a yellow complexion. Dressed in an elegant black gown, her figure was rather small, yet her dark eyes sparkled with courage and intelligence. Her voice, calm and soft, resonated throughout the whole country in her inaugural address. She pronounced, "A dream of each immigrant parent is to have their children be true Canadians," a statement which resonated strongly in my ears.

Ms. Adrian Clarkson was born in Hong Kong and came to Canada at the age of four as a refuge during the war in 1942. 57 years after her arrival, she was appointed as the Governor General of Canada, an incredible success as she is the first non—Caucasian and first immigrant in the history of Canada to be awarded such a position. As a celebrated broadcaster, she unfolded her personal story of immigration, to illustrate that she became a true and perfect Canadian according to her parents' dream. Her address was highly praised, even by the fastidious media, as one of the best inaugural addresses ever.

The Canadian Governor General is the head of state, which is higher than the Prime Minister, the political head. It is the highest position in the constitution. The Governor General is appointed by the Queen though the recommendation of the Prime Minister.

The Governor General is not to participate in the government, yet she/he would have authority to appoint and dismiss the prime minister in case of the national emergency. The Governor General has power to summon, close and dissolve Parliament. As the Commander—in—Chief of the Canadian Armed Forces, she/he appoints chief commanders. She/he also has power to appoint superior court judges, and to induct ministers to the cabinet

The primary role of Governor General is to act as a symbolic and ceremonial head of state representing Canada to the international communities by hosting and sending ambassadors abroad. Although it was certainly an unprecedented incident that such a prestigious position was awarded to an Asian immigrant, Ms. Clarkson is a person whose caliber is more than enough to be a representative of Canada to the world with her profound knowledge and understanding of Canadian arts, history and culture. Furthermore, it is well-known that she has artistic talent and a noble personality.

During the broadcast of Ms. Clarkson's inaugural ceremony, a TV camera scanning the audience stopped to focus on an old man in the crowd. He was sitting in front of the platform, straining his ears to the sound system with his eyes intently fixed on every movement of the new Governor General. His face was almost distorted with pride and excitement, and his eyes were glazed with tears under the spotlight of the camera. He was Ms. Clarkson's father, 92 years old. All of a sudden, the television screen flashed back to the life of Ms. Clarkson's early immigration days, images which somehow seemed to soar off of the screen and penetrate my own heart. In a flash, Ms. Clarkson's story no longer remained her own, but also became mine, raising a turbulent sensation within me.

In a true sense, becoming an immigrant in a foreign country deprived me of my life dream, as in order to begin a new life and become settled in Canada, I could not look back to my own homeland whatsoever, and was forced to detach myself from the memories of what I had and enjoyed in the past. In the strange labyrinth of a new culture, I was no longer the person I used to be in Korea. Like a helpless child, I had to start my life all over again, and learn and practice whatever was necessary for survival. The only thing I was able to do was to flap my wings over the horizon of this new land and find my way.

It is inevitable that the dreams of first generation immigrants are carried over to the next generation. We hope and trust that the second generation will be able to soar in life in this new land, melting resentments and grudges felt in the hearts of their parents. I prayed that my children would have the confidence in themselves to fulfill their dreams and ambitions, working shoulder to shoulder with Canadians without being intimated or put down by them. Through their accomplishments, we, as parents, could feel that our dreams which had been lost or forgotten in this foreign land were realized and accomplished. This helped me to find hope during the hardest and most uncertain times of my life. It gave me courage and strength to endure the trials and tribulations of any nature. We have invested everything:

our time, our energy, our finances into the education of our children so they may fulfill their – and subsequently our – dreams.

However, it is also true that a sense of apprehension hung over our minds like a dark cloud over the summer sky. A fear of what if our children could not stand on their own two feet due to their ethnic differences? Of course today, it seems that there is no racial discrimination in this country, but that is only how it appears on the surface in many situations. It is no doubt that our children would be looked at and treated differently from the majority of people in the society. Hence, we could not but worry for our children, as even though they were born and brought up in this land, they too could get hurt and discouraged by being treated unfairly in their career endeavours due to the colour of their skin. However, with her success and incredible feat, it was in fact Ms. Clarkson who triumphantly scattered these dark clouds from our hearts.

Ms. Clarkson has indeed proved before the eyes of all minority ethnic constituents that "where there is a will, there is a way." If we do not give up in cultivating our talents and skills and pursuing our dreams and ambitions, then surely enough, the day will come when our dreams will also come true. Not only for the second generation of immigrants, but for the first generation as well, Ms. Clarkson guaranteed that there will be a bright future for those who resiliently strive against the tides. Nowadays, I have become stricken by the impact of an empty nest, losing all motivation and enthusiasm. Yet, it was Ms. Clarkson who woke me from my slumber to see my dream and my possibilities in life from a totally new and fresh perspective.

My heart already palpitates with excitement as I imagine when the day will come when the next Canadian Governor General will be awarded to someone from our second generation. What a proud moment that would be!

(1999)

Sending My Niece Away

Translated by Richard Rho

The scorching heat left not a single breath of wind. My body was drenched in sweat, while tears of blood streamed from my heart. With the help of a Korean diaspora couple who had been close to my niece during her lifetime, we arrived at the park cemetery. Various shapes of gravestones and colorful flowers blossoming profusely consoled the departed. Only the heavy silence, disrupted solely by the sound of footsteps, flowed through the stillness. After navigating through a few alleys, we finally found my niece's grave awaiting us, appearing weary from waiting and caught among strangers.

The wails of great mourning from the eldest sister—in—law resounded through the park, and our tears, hidden beneath sunglasses, dampened our clothes. Where could one find more profound affection than a mother's? The burdened soul of my sister—in—law writhed in agony. To the mother who hadn't seen her daughter in the past twelve years, the sense of irreparable loss felt even more surreal.

Jong HeeTanoukhi (1952–1985)
Beneath her name, written in English and Arabic,
lay a sorrowful 33-year-old.

My niece was three years younger than me. As the eldest daughter of my eldest brother, she grew up sharing a room with me, her youngest aunt. Though we had entirely different personalities, we shared love, dreams, and conflicts befitting our age. She pursued the ideal and revelled in daring beauty, while I pursued the practical and strove for perfection. Yet, our bond ran deep, despite the differences in our views of life and philosophy.

Just one year into my marriage, I immigrated to Canada. I had to live far away from her as was in university at the time. After graduating from university, she once again demonstrated her adventurous spirit by marrying a foreigner. Despite shaking the conservative foundations of our Chungcheong—do household, she departed for her husband's country, Lebanon, amidst seemingly congratulatory blessings.

Lebanon at that time was engulfed in civil war. Wealth and war led her life onto the path of refuge. Despite moving their livelihood through several countries where her husband's business thrived, they were able to enjoy a prosperous life. Then, duringone of the years they were residing in Valencia, Spain, she gave birth to a long-awaited son but tragically passed away due to complications from excessive bleeding. The child was born healthy, bearing an uncanny resemblance to his mother who traded her own life for his.

Suddenly left bereaved, her husband returned to their war-torn homeland, taking their two daughters and the newborn baby with him. The shock of losing his wife, who had made him abandon his single life, led him to discard all attachments and settle his affairs, retreating to a rural farm. He sought seclusion, yearning to protect and preserve his young children from the outside world. He had planned to relocate his wife's grave once the war ended, but even that opportunity did not come easily.

It was also an incredibly difficult situation for the Korean family who could not even attend my niece's funeral. The entire family still remained trapped in the despair of losing the household's eldest son, and, at that time, it was not feasible to travel abroad on such short notice for personal reasons. Even from Canada, there were many obstacles travellingto Spain within two days. My niece had no choice but to remain alone in a foreign land.

Her two daughters, born in consecutive years, had become college students. They remembered their mother's country, Korea, and their grandparents' home from their childhood visits. The elder daughter, who was studying in the United States, disclosed her Korean heritage as a mixed-race child through a Korean journalist and the embassy, revealing her mother's passport and requesting to visit her grandparents' home. Their efforts bore fruit, and finally, after a year, a miraculous reunion was achieved.

Finally, the eldest sister-in-law could meet her three grandchildren, whom she had dreamed of, and she could also locate her daughter's grave. My niece's two daughters, who lived in Lebanon, came to Spain to find their mother's resting place. I, too, received a surprising call in the midst of a sweltering summer. They wanted to meet their mother's close friend, their aunt, and hear stories about their mother. Without hesitating, I set off for Valencia. With broken English, I changed planes three times, enduring a long journey that took 22 hours. Yet, the meeting of three nationalities in a foreign city was an unforgettable experience.

Among the things people leave behind in this world, the most precious is life itself. She left us her two daughters and a son, who were her own embodiments. Through their gestures, hand movements, expressionsand speech, we were able to meet my niece once again and began to forget our sorrow. How remarkable is the nature of kinship, that the same love I shared with her could flow freely among them. Finally, we realized that it was time to bid her a peaceful farewell. Until that moment, my niece had not been able to leave us, and we could not let her go as she was.

Approaching the window, I gaze at the falling autumn leaves. I couldnot shake her off even for a moment, and I couldnot utter her name without tears. I bid my niece farewell as she ascends to the sky, her radiant face shining in the autumn sunlight. I waved my hand. I kept waving until she was no longer visible. Finally, a tranquil serenity, devoid of sorrow, enveloped me. Farewell, my niece. Farewell, sorrow.

(1999)

Communication

Translated by James Min

One day, my grandchildren were whispering something at the corner of the house with mischievous smiles on their lips, while peeking at me now and then from the corner of their eyes. The longer they whispered, the greater I became anxious to know what they were talking about. And then, my granddaughter hopped in with her beautiful blonde hair fluttering in the air. And she said,

"Grandma, can we go to zoo?"

"Zoo? Of course we can sometime later."

"Grandma, say, 'Zoo'"

"Zoo, or joo?"

A giggling sound was heard from them at the corner of the room.

"Not 'joo', but 'zoo', grandma!"

Knowing that they were waiting for me to make another mistake, I cleared my voice and put my tongue at the bottom of the lower front teeth, and pronounced, "Zoo" in a correct sound.

And I looked at them from the corner of my eyes to notice the expression of disappointment on their faces.

Since my grandchildren started kindergarten, they began to correct my Korean style of pronunciation. At first it was quite entertaining to be corrected by the little ones, such as my own grandchildren. But my excitement was short lived. And I began to defend the reason why it is hard for Koreans to pronounce certain English sounds. In the Korean language, Hangul, there is only one consonant of ㅂ. But in English, there are two consonants, which are B and V. And these two can be used in the place of ㅂ in Korean. Likewise, ㄹ for L and R; ㅈ for J and Z; ㅍ for F and P and so forth. Therefore, it is natural that a Korean native speaker would need to pay special attention to pronounce these consonants differently. Despite my effort to defend myself, my cute grandchildren are always teasing me and my English pronunciation.

One day coming home from Tae-kwon-do, one of my grandchildren asked me,

"Grandma, what does '쩬찐' mean? And what is '훅찐'?

I wracked my brain to find the meaning of those strange words to no avail. And then my granddaughter stepped forward in Tae-kwon-do position, saying, "젠찐" with a step forward,

"훅찐" with a step backward. With this, I could not keep myself from laughing out loud. It was "전진" and "후진" pronounced with a strong English accent. How strange it is that those words were heard in such an awkward way to my grandchildren who were born and growing up here in Canada! I realize it is similar to me, who despite living in Canada for over forty years still cannot correctly sing the lyrics of my four-year-old grandson's kindergarten songs. This is the communication gap between the first and third generation of immigrant families.

The first generation of Korean immigrants have established a 'mini Korea' within Canada and live here comfortably without suffering from language problems. Though they have been here longer than the time they lived in Korea, as far as the degree of their English comprehension is considered, they are always at the same place as when they first arrived. Of course most of them would have no difficulties handling the basic day-to-day English. But when it comes to professional jargon or expressing one's feelings and opinions, it is an undeniable fact that the person would soon feel incompetent. Moreover, nowadays there are many young people from the second generation who married people from different ethnic backgrounds. In these cases, it would be even harder for the people of the first generation to have comfortable communication with their grandchildren. It is not only the language that matters, but also culture and tradition. As a result, first generation grandparents cannot enjoy the games and songs with their grandchildren because of the language differences.

When my own children were growing up, I was busy to meet the demands of everyday life. Consequently, I have become ignorant of the culture and tradition of this country. Nowadays, while taking care of my grandchildren, I would be confronted by the new things and customs which I'd never seen or heard at the time of my own children. Moreover, in these days, most of the children's toys are digital devices. In order to handle the devices like an iPad, iPhone, iPod, it requires a considerable amount of knowledge of the digital realm. With such different interests and culture, the day of doting on one's grandchildren has gone long ago.

Once, I watched my daughter-in-law teaching her baby sign language—a hand motion to express herself even before she could speak so she was able to express when she wanted "more" or when she was "all done." She would poke her index finger in the palm of the other hand to ask me to continue to carry her on my back. When she got full, she would stretch her two hands up in the air showing that she was 'all done' eating. Indeed, it is not only verbal language to express oneself, but also non−verbal language in which we can communication our feelings and understanding only by looking into one's eyes. Yes, we have a language of the heart besides the one we speak from our lips. Even though we, as grandparents, cannot fully express our love for our grandchildren in verbal language, we can still do so in the language of the heart and mind. So, they still have understanding with their grandparents. Once, when my granddaughter's cousin could not understand my English, my granddaughter, a kindergarten student, stepped forward and explained it to her in proper English. It means that my granddaughter was able to understand what I tried to say in my broken English. What a surprise it was! I was deeply impressed by this.

Though there are large gaps between the first and third generation immigrants due to linguistic and cultural barriers, it is a problem that can be overcome with my own grandchildren who have been cared under the wings of my love and are the offspring in my bloodline. Whenever they run to me and give me a big hug, I feel overjoyed and full of happiness.

Customers and Store Owners

Translated by Richard Rho

There is a Korean grocery store that I often visit whenever I go out to Toronto. Initially, I chose this store for its convenient location near the highway, but over time, I grew fond of the store's owner. What stands out about this store are only some drawbacks such as its smaller size compared with other stores and slightly lower—quality goods on display. So, my patronage had remained a mystery even to myself until I recently came to realize thatI had been visiting this store for over a decade purely because of the warm—hearted owner who always makes the customers feel welcomed.

Recently, a more convenient grocery store opened up for us. It was located in an area densely populated by our fellow Korean Canadians. This place always bustled with customers, and as rumored, the quality and variety of goods surpassed those of our preferred store. Despite these favorable conditions, I did not enjoy shopping there, despite multiple visits. Firstly, the layout of the store made it difficult to find items easily, and even a brief exchange of greetings with the busy owner was challenging. Eventually, the place became nothing more than a store for me, devoid of any deeper meaning.

I could only reminisce aboutthe other store—the kind-hearted welcome, the ease of sharing life stories and cooking tips without hesitation and the mutual understanding that allowed the owner to rush to my aid when I was in a hurry. My husband too seemed to share this sentiment. So, we would, without any hesitation, turn our car back on the highway and returned to our familiar store, disregarding the inconvenience of having to make another trip.

Raising a pet teaches one that it's often harder to let go than to form attachments. Similarly, switching long accustomed grocery stores, hospitals or hair salons is no easy task. It's the relationships built on trust and comfort that make it so. We often wish to avoid the discomfort and struggles that come with new changes and unfamiliar relationships.

As someone who has been running a convenience store

in the same location for over ten years, I have many loyal customers. To them, our store is more than just a place to buy things; at times, it serves as a sanctuary and a place to relieve stress. The nature of a convenience store, where one can easily ask for help, often results in requests for phone usage, restroom access and even informal loans.

Still deeply attached to my homeland, I used to find these customers complete strangers. Even their good-natured friendliness would put me on guard and made me wonderif it was racial discrimination or just discomfort on my part. At times, I even tried to toughen myself up whenever I thought I was about to face disrespect or disregard as a store owner. However, I eventually learned that proficiency doesn't just lie in mastering technical skills but also in fostering a sense of understanding and compassion towards customers and work itself. This ultimately led me to love both myself and my work.

Once, a young barber, freshly trained and nervous, came to work after his graduation. He had made a commitment to himself since his training days: "I will serve my customers with the best skills and utmost service." He anxiously and excitedly received his first customer. However, to his surprise, the first customer was not someone who needed his services but rather a bald man with barely any hair left. It was a situation where neither service nor skills were needed. A few simple touches, and it would be done.

Caught off guard, the young barber hesitated, but the observant owner stepped in to take over. Engaging in conversation with the customer, the owner skillfully began the haircut. As the haircut seemed to drag on, the constant snipping of scissors could still be heard. The young man stole curious glances at the owner. However, despite the rhythmic sound of the scissors slicing through the air, there was no hair being cut. The soothing sound of the scissors eventually lulled the customer to sleep. After spending the same amount of time as other customers, the satisfied customer left.

This fictional incident comes from astory I read long ago. It wasn't just about learning the art of haircutting; it was about understanding the customer's feelings. It also highlighted the young barber's lack of experience in readingthe subtleties of the owner's sensitivity toward a bald customer wanting to conceal his baldness.

When you sell things, you see the hearts of your customers. It shows whether they are sincere or deceitful, upright or crooked. You can also understand what they want. In turn, customers also see into your heart. They can even know whether you are acting out of conscience or out of business—minded deceit. Once there is mutual trust, there's no need to try to see the other person through. Just sow the seeds of warmth in the visible field of hearts. Then, day by day, the joy of encounters and the pleasure of conversations will bloom, evolving into a deep attachment to the work. These experiences in a profession are truly invaluable.

Even today, I can continue to run my store as a store owner because I can see my customers for who they are. Just as I often find my true self in the relationships with my customers, I also want myself to be reflected in my writing, my neighbors and my faith, with the same sincerity.

(1995)

Dwee Mo Seup

Translated by David Kim

Can't remember when it first happened. But at some point in my life, I began to take a close look at people's appearances from behind. In Korean, we call a person's profile from the back dwee mo seup, a term that is probably most accurately translated as "back appearance."

For reasons that I can't fully put together and express, I feel more in touch with people in looking at their dwee mo seup than I do in being face-to-face.

From the front, my feeling is that we can see what the other person wants us to see. A person's dwee mo seup is harder to dress up–it can be a more accurate reflection of a person's inner state. Sometimes, emotions that are not revealed while face-to-face come pouring out of a person's dwee mo seup.

Recently, I had a meaningful reunion with an old friend. We had been planning to get together for many years, eager to catch up with one another. Though our cherished meeting was somewhat brief, both of us felt that our friendship was as strong as ever. Little had changed between us since we first met.

After saying goodbye, he turned and started walking away. And suddenly, in gazing at his dwee mo seup, a heavy lump filled my throat as his supremely confident and energetic aura disappeared, only to be replaced by the unmistakable appearance of a rapidly aging man whose walk was accompanied by a shadow of loneliness. His dwee mo seup allowed me to see what I could not feel in the slightest from his face. As I remember him walking away, I wish that he could have shared some of his burdens with me so that I could have had a chance to comfort him.

Words and behaviour are not the only means through which we can understand others. Sometimes, a subtle change in facial expression can speak volumes about a person's spirit. The same goes for a person's dwee mo seup, which can reveal what may be impossible to detect from outward behaviour.

My husband and I often go to Ottawa to visit my son's family. When we pull out of his driveway to return to our place, my son often stands watching with his daughter, waving goodbye. In moments like this, I can feel his affection for us. It might just be my sentimental guess, but as we leave his house, I think our son can feel what we're feeling from our dwee mo seup. His almost closed eyes and expressionless face make me realize that he is a grown man who appreciates the love he received from us − this sight floods my heart with emotion. As a child, he depended on us for everything, but now, I sense that he realizes that his parents are entering the last phase of life and are becoming objects of his protection. Whenever I feel this, I try to get of his sight as quickly as possible so that he cannot read my dwee mo seup.

Our dwee mo seup is our shadow. We can't get a good look at our own dwee mo seup. But it moves as we do, and it reveals some of who we are and what we're feeling. Dwee mo seup is like an echo − it reflects what is in our hearts, just as our voice comes back to us as an echo after it bounces off a far mountain. These days, I find myself wanting to see what my eyes can't see and hear what my ears can't hear.

(2007)

The Bibimbap Family

Translated by Richard Rho

The allure of Korean cuisine is steadily rising in North America. Consequently, numerous events dedicated to the 'globalization of Korean food' are frequently unfolding, both domestically and internationally. Not only are there competitions celebrating our unique traditional dishes, but there are also an increasing number of workshops focused on the sophistication and colour diversity of Korean cuisine. The challenge lies in making Korean food as universally sought—after and enjoyable as Japan's sushi, Thailand's pad thai, and Italy's spaghetti and pizza. Maintaining the authenticity of Korean dishes while adapting the cooking and presentation to suit foreign palates, and focusing on highlighting the distinct flavors and aromas that define our culinary heritage, is paramount. Especially now, as Korean enterprises expand globally, producing world stars like Psy, Yuna Kim, and Se Ri Pak, and as Korea ascends in the global economy as part of the G20, elevating the popularity of Korean cuisine is naturally intertwined with enhancing our national image.

My daughter-in-law and son-in-law are Westerners with a special fondness for Korean food. At family gatherings, they consistently anticipate Korean meals, which makes my visits to their distant homes both bustling and exhausting, yet my heart feels as light as if it could take flight. There's no task more rewarding than when my married children ask about Korean recipes or share in the joy of our food. A festive energy takes hold of me as I prepare even the most labor-intensive dishes with a smile as wide as a blooming flower. They too have become part of our family, confidently mastering several Korean dishes through repetition and errors. My daughter-in-law, growing confident in the flavors of Korean cuisine, has even dared to venture into the art of kimchi-making.

In a household blending Eastern and Western cultures, cultural differences arise, but the ability to share food transcends the challenge of language barriers. At least in the realm of culinary culture, the walls have been dismantled. If a family member showed no interest or willingness to engage with Korean food, how could the love that thrives around a shared meal properly blossom? If we were preoccupied with differing tastes, the preciousness of such gatherings would be marred by discomfort.

Bibimbap is a Korean dish frequently crafted by my children. Adorned with a rainbow of sautéed vegetables and topped with a perfectly fried egg, it is so beautifully presented that my son-in-law can't help but capture it in photographs. Blended with a sauce of gochujang (red pepper paste) and sesame oil, the flavors are unmatched. I gifted a stone pot for Christmas years ago to my son and his wife who were captivated by the healthy allure of bibimbap. Now they often speak of the superiority of Korean food while enjoying the sizzling dish. They praise it as a delicious, attractive, and healthy meal, but if I were to add one more thing, it's a dish filled with family love. Just as diverse ingredients come together in the harmonious blend of a bibimbap, so does our family, with its varied personalities, united in mutual concession, trust, and consideration. There's no better occasion to share one's heart than over food, where a delightful palate naturally opens the hearts and warm feelings follow. The stone pot bibimbap has proudly become a staple for guests at my son's home, and it's only fitting that such a popular dish from our family has been chosen to represent Korean cuisine to the world. If we also strive to enhance service, scrumptious cuisine, and interior designs that reflect Korean sentiment, the prospects for 'globalizing Korean food' seem even brighter.

The barriers of the global village are crumbling. Every corner of the world is overflowing with travelers transcending race, with growing fervor for different cultures, religions, food, and languages. I believe it won't be long before we see an era of the bibimbap family, where the unique cultures of each country are embraced in a grand harmony among the people of the world.

(2010)

The Name 'Grandmother'

Translated by Richard Rho

The joyful laughter of my granddaughter tugs at my heart. Two days of embracing and playing with her, yet the moment we begin our journey home, I yearn to see her again. She lives in Ottawa, far from me, so we meet only once a month. As a result, or maybe due to this distance, I find myself increasingly smitten with her; her cute actions growing on me as I become a grandmother blinded by love for her grandchild. I would willingly pay to write this confession. No price would be too steep for such joy.

My sister-in-law, with her hands full raising three mischievous boys, often found her days more tedious than enjoyable. Running the store was tough enough, but with her unease around children plus the boys' daily chaos, she seldom enjoyed parenting. Nowadays, she's utterly enchanted with her grandson, a transformation that's both surprising and delightful. When she talks about him, she mimics his behaviours, intoxicated with happiness, like a lover in the throes of passion. Perhaps the weight of this love is too much for her to bear alone, and she must share it with others. This is one of my sister-in-law's favourite anecdotes.

She recounts a story that occurred in the schoolyard where the children were waiting for their parents to pick them up after-school. Arriving to find her grandson and a Chinese child replacing their boredom with mischief, she realized it was not playful but a one-sided annoyance. The Chinese boy was harassing her grandson, snatching his toy, tossing it about, and kicking it away when he tried to retrieve it. She was curious to see how her grandson would handle the situation and watched them secretly instead of stepping in when suddenly, her normally gentle giant of a grandson let loose a boxer's flurry of angry punches. The tormentor was left crying, unable to react—a swift and satisfying justice.

My sister-in-law couldn't contain her glee as she embraced her grandson and drove him home, the boy still indignantly huffing. She stroked his hair, proud and heartened that he had stood up for himself instead of getting bullied. Retelling the story for the third time, her eyes still twinkled with mirth, the innocence of a child's expression like that of a comedian. Her affection for things now extends even to plants and animals, a tenderness surely kindled by her grandchild. It's evident that the love for a grandchild can breathe new joy into one's later years.

A fellow grandmother, older than me and a mentor of sorts, cherishes her infrequent visits with her two grandsons. On those occasions, she never fails to share the excitement and joy with me over early morning calls. She invests in memories to be remembered as a beloved grandmother, a figure of nostalgia and longing when she is gone. Not the usual superwoman, but a doting, simple granny—watching movies, playing table tennis, shopping, dining out, sending letters, and thoughtfully transferring pocket money. The wisdom in nurturing the bonds of kinship shines through. Indeed, grandchildren are the glory and fulfillment of one's later years.

Suddenly, I am reminded of my own parents, whose six-month-old grandson was snatched away to Canada. Despite having many grandchildren, the one born by their youngest daughter, potentially never to be seen again, was incredibly cherished. Their adoration incited envy among the other daughters-in-law. For my parents, my son was an infinite source of joy and pride. Yet, naively, I left without looking back, not once considering the sorrow of separation they had to endure. Only now do I grasp the profound sense of loss and longing they must have felt. Now I acknowledge the human limits of empathy, reflecting on their memory, now long passed.

Plump little hands clumsily clutch at my shoulder, as my granddaughter rises unsteadily to her feet. Astonished and delighted by her own achievement, she grins widely, and I cannot help but laugh in response. Moonlit love pours down luminously. These days, through my granddaughter, I savor a happiness beyond imagination. Quietly, without fanfare, my own twilight years approach.

(2006)

Epilogue

Richard Rho (Poet)

At the end of May 2023, Ok-jae sent me an email. She asked me to translate into English two of her essays written in Korean. I initially wanted to decline politely, as I'm not particularly fond of translation work and was already busy with my job. However, I felt a sense of guilt because I had already declined several of her previous requests, including one where she suggested working together with her as an executive for the Korean-Canadian Writers' Association. So, I replied, "I'll gladly do these two, but please don't ask for more after this."

But when I read her follow-up email, I couldn't help but feel like I was doomed. The essays I would be translating were intended for none other than her grandniece, who was a professor of English literature at Dartmouth University in the U.S. To top it off, she encouraged me not to feel pressured and to "enjoy" the process. After completing the translation of the two essays, she kept adding four more, one batch after another, at a few months' intervals. I soon realized that I wasn't just "doomed" but also "trapped."Those working in marketing might recognize this as the "foot-in-the-door(FITD)"technique, where you start by getting someone to agree to something small, and then gradually increase the requests.

However, the feeling of being doomed and trapped soon transformed into gratitude, thanks to the overwhelming emotions I felt while reading her works. Needless to say, to translate a piece of writing, one cannot simply read it superficially; one must dig deep, interpreting even the hidden meanings between the lines. As I read each piece, I encountered the deep life experiences and thoughts behind the author's words.

There was a reflection on the harsh realities of survival, faced after arriving in Canada and leaving behind a youth full of dreams and a distant homeland ("The First Night of Immigration"). There was also the boundless guilt the author felt thinking about her mother, who had to let go of her cherished little bird to a far-off land called Canada while she was now contemplating the need to let her own grown-up daughter leave her arms ("A Mother's Heart"). Each time she thought of her mother, there was an overwhelming sense of gratitude and regret ("The Sad Name: Mommy, Mother and Ma'am").

There was also the relentless life of a 'convenience store' owner who had to deal with strangers in a foreign land ("Customers and Store Owners," "Monologue of a Convenience Store Owner" and "The Story of a Korean-Canadian"), and the pain of raising children as an immigrant ("Cocktail Party"). But alongside that pain was the love and sense of fulfillment experienced through her growing children ("Musical 'Oliver"). The reflections also extended to her new reality as a mother with a Western daughter-in-law and son-in-law ("The Bibimbap Family"), and her self-reflection as a grandmother growing ever more blinded by her love for her granddaughter ("The Name 'Grandmother").

In other words, a person's entire life was encapsulated in those works. Without embellishment, with only simplicity and sincerity, it was whispering to us. No matter what challenges and trials life presents, we must not give up or fall into despair. We must not forget the truly important things in life while chasing after the superficial successes of the world.

If there are any errors in the translation, the

responsibility is entirely mine. I only hope that my clumsy translation did not damage the original works in any way. I am deeply grateful to Ok-jae Won for giving me the opportunity to translate these valuable works, and I hope that all the emotions I felt will be conveyed to the readers just as they were to me.

에필로그

노승문 (시인)

2023년 5월말 원옥재 수필가님께서 내게 메일을 보내오셨다. 수필 두 편을 영역해달라는 부탁이었다. 원래 번역하는 일을 별로 달가워하지 않는 데다 직장에서의 일로 분주한 상황이라 적당히 거절하고 싶었지만, 이전에 캐나다문인협회를 위해 임원으로 같이 일하자는 제안을 포함해서 여러 번 원옥재님의 요청을 거절한 적이 있어 송구한 마음이 앞섰다. 그래서 "이 두 편은 흔쾌히 해보겠지만 더는 부탁하시면 안 됩니다."라는 식의 답변을 보냈다.

그런데 이어진 원 선생님의 메일을 읽은 나는 '망했다'는 느낌을 피할 수 없었다. 내가 영역할 수필들을 읽을 독자가 다름 아닌 미국의 Dartmouth University에서 영문학 교수로 재직하고 있는 종손녀라는 것이다. 그러면서 "부담 갖지 말고 즐기며" 해 보라는 위로(?)도 잊지 않으셨다. 두 편을 번역한 후에 몇 달 간격으로 네 편씩이 계속 추가되면서 나는 '망하기'만 한 게 아니라 '당하기'도 했다는 걸 곧 깨달았다. 마케팅 쪽에 종사하는 분들은 아마 'foot-in-the-door(FITD)' 테크닉을 떠올리실 것이다. 일단 작은 걸 사게 만든 다음 점점 큰 걸로 옮겨가는….

하지만 그 '망했다'와 '당했다'라는 느낌이 이내 감사의 마음으로 바뀔 수 있었던 건 작품들을 읽으면서 받게 된 커다란 감동 때문이다. 당연한 얘기지만 번역을 하자면 작품들을 그저 피상적으로 읽어서는 안 되고 행간의 숨은 뜻까지 짚어가며 깊게 읽어야 한다. 작품 한 편 한 편을 읽어가며 나는 작가가 글로 표현하고 있는 내용의 이면에 있는 깊은 생생한 경험과 생각들을 마주하게 되었다.

거기엔 꿈에 부풀었던 청춘과 고국을 뒤로하고 캐나다의 땅을 밟자마자 부딪혀야 했던 생존의 가혹한 현실에 대한 회고(〈이민 첫날밤〉)가 있고, 이제 다 성장해서 품에서 내어놓아야 할 딸을 생각하다가, 소중했던 한 마리 작은 새를 캐나다라는 먼 땅으로 날려보내야만 했던 자신의 어머니가 삼켜야 했을 아픔에 대한 한없는 미안함(〈어머니 마음〉)이 있고, 어머니를 생각할 때마다 새삼 밀려오는 감사와 회한(〈슬픈 이름〉)이 있었다.

또 거기엔 낯선 타향에서 낯선 인종의 사람들을 대해야 했던 '구멍가게' 여주인의 억척스러운 삶(〈가게 손님과 주인〉 〈구멍가게 여주인의 독백〉 〈코리언 캐네디언〉)이 있고, 자식들을 키우며 감당해야 했던 이민자로서의 아픔(〈칵테일 파티〉), 그러나 성장해가는 아이들을 통해 누릴 수 있었던 사랑과 보람(〈뮤지컬 '올리버'〉)도 있으며, 어느덧 서양인 며느리와 사위를 둔 어머니(〈비빔밥 가족〉)이자 손녀 사랑에 눈멀어가는 할머니(〈그 이름 '할머니'〉)가 된 자신에 대한 성찰도 있었다.

다시 말하면, 한 사람의 생애가 오롯이 거기 있었다. 꾸밈없이, 있는 그대로의 소박함과 진실만으로 우리에게 속삭이고 있었다. 삶이 우리에게 어떤 도전과 시련을 준다 해도 포기하거나 좌절해선 안 된다고, 겉만 번지르르한 세상의 성공을 좇느라 정작 소중한 것들을 잊어서는 절대 안 된다고.

혹시라도 번역의 오류가 있다면 그것은 오로지 이 번역자의 몫이다. 서툰 번역이 원작을 조금이라도 훼손하지 않았기를 바라는 마음 뿐이다. 귀한 작품들을 번역할 기회를 주신 원옥재 님께 감사드리고, 내가 느낀 모든 감동이 독자들에게도 고스란히 전달되기를 바란다.

내 삶의 오솔길
The Trail of My Life

원옥재 수필집